사람꽃 인연꽃

곽혜란 수필집

첫 수필집을 내면서

책을 낸다는 것은 여러 면에서 무겁다. 그럼에도 오랜 망설임 끝에 책을 내는 것은 세상에 내놓기 부끄럽고 어색해도 그것이 바로 '나'이기 때문이다. 차가운 컴퓨터 파일 속에 더 이상 가둬놓을 수 없는 나의 자화상 같은 거라서.

최근 글들은 다시 정리해서 다음에 출판하기로 하고 이번에는 아주 오래 전에 써뒀던 글들을 먼저 묶기로 했다. 몇 년 전 모 일간지에 연재했던 짧은 수필도 포함시켰다. 오래 된 글이다보니 낡고 구태한 내용도 있으며 다소 교훈적인 것도 있다. 그러나 그 것은 누구를 가르치려는 무례한 의도가 아닌, 어쩌면 내 자신을 타이르고 다독이는 자기 독백 같은 다짐으로 봐주면 좋겠다.

책을 엮으면서 오십 조금 넘은 내 인생을 되돌아본다. 가장 안타깝고 아쉬운 일이 무엇인지, 가장 잘했다고 생각되는 일은 무엇인지, 가장 행복한 것은 언제이며 또는 무엇인지…. 후회스러운 일도 있었지만 스스로 대견하고 행복한 일이 더 많아서 밑진 인생은 아니라는 생각을 해본다.

그 행복 중에 가장 크고 오래오래 행복이라고 말할 수 있는 것이 바로 문학이라는 다채로운 세계와 맺은 인연이다. 글을 쓰고 문학잡지를 내면서 많은 사람들과 소통하며 내 인생의 정원에 '사람꽃 인연꽃'을 가꾸며 사는 것, 내가 가장 잘한 일이라고 자부한다.

글을 창작할 수 있다는 기쁨, 써보려고 하는 열정, 문득 좋은 문구나 소재가 떠오를 때의 희열을 느낄 때 흥분되고 뭉클해진다. 감사한다.

2017년 10월 어느 오후

목차

| 2부 |

1부

온도

커피는 입을 델 만큼 뜨거운 온도라야 맛과 향이 가장 좋다. 열기를 빼앗긴 커피는 쓰다. 나는 커피를 마실 때 먼저 컵을 데우는 일에 정성을 들인다. 뜨거운 잔에 커피를 따라야 커피 고유의 맛과 향을 즐길 수 있기 때문이다.

녹차는 펄펄 끓는 온도보다는 한 김 덜어낸 온도라야 미각과 후각을 감동시킨다. 아이스크림은 적당히 얼어 있어서 입술로 베어 먹어도 좋고, 혀로 핥아먹어도 좋은 상태라야 최상의 부드러움과 달콤함을 선사한다.

맥주나 와인을 맛있게 즐기기 위해서도 온도가 중요하다. 계절에 따른 적정 온도를 유지해야 그 특유의 맛과 향을 음미할 수 있다. 가령, 맥주는 섭씨 4도쯤 온도를 띨 때 그 맛이 가장 환상적이다. 모든 맥주가 다 그런 것은 아니지만, 한여름에는 냉장고에 넣었다 꺼낸 차가운 유리컵에 따른 맥주 맛이 일품이다.

세상 모든 사물과 현상에는 저 나름의 온도가 있다. 온도는 그 것의 본질을 규정하는 중요한 단서이기도 하다. 그것들이 가장 적당한 온도를 띨 때 최상의 가치를 갖게 한다. 적당한 온도에서 많이 벗어나면 그것은 변하거나 상하게 되는데, 그것은 사람의 관계에 있어서도 예외가 아니다. 무릇 사람과 사람 사이에도 온 도가 있다.

과유불급이라 했다. 사람의 관계야말로 과유불급의 이치가 참 으로 중요하다. 사람의 관계는 모름지기 너무 뜨거워도 곤란하 고 너무 차가워도 곤란한 일이다.

지나치게 뜨거운 사람은 사뭇 위험하다. 자신은 물론 옆 사람 까지 델 수 있다. 그 열기 때문에 웬만해서는 오래 가까이 있을 수 없다. 반대로 너무 차갑고 냉정해서 늘 얼려버릴 것처럼 긴장 되게 만드는 사람도 있다. 그 사람 곁을 스치기만 해도 그가 삐죽 내놓은 얼음 꼬챙이에 상처가 날 것 같아 그런 사람 근처에도 사 람이 가까이 머물러 있기는 불안한 법이다. 그렇다고 언제 어디 서든 늘 미적지근한 사람은 매력이 없다고 하니 사람관계에서 적

당한 온도란 어느 정도일까?

　사람 사는 세상, 사람들과의 관계를 형성하고 유지하는 일이 결코 녹록지 않다. 대상에 따라, 때와 경우에 따라 적절한 대응과 처신하기가 말처럼 쉽지 않다.

　내 말이나 행동이 몇 도의 온도로 전달될지, 행여 그것이 상대에게 상처를 입게 하진 않을지, 온도 재듯 스스로를 재다보니 나이 먹을수록 사는 일이 조심스럽다.

사람꽃 인연꽃

빈손

　사람은 누구나 부족한 면을 채우려고 노력하는 경향이 있다. 물질적 결핍은 경제적 부로, 정신적 결핍은 독서나 공부 또는 신앙으로, 체력적 결핍은 수면이나 운동으로, 허기는 먹어서, 심리적 공허는 친구나 가족 또는 애인의 사랑으로, 사회적 공허는 출세와 공명으로, 채우고 채우고 또 채우고 싶어 한다. 이에 따라 성취감도 느끼고 자기 발전도 꾀한다.

　그런데 채우고 또 채우려는 욕망에 브레이크가 있을까? 하나를 채운 사람은 또 다른 무언가를 채우려 한다. 욕심부리지 않고 자족하며 사는 삶과, 브레이크 없이 성과와 성공만을 위해 매진하는 삶 중, 무엇이 옳다 그르다 논할 수는 없다. 그러나 우리 주변에는 누구나 부러워할 성공가도를 달리는 사람 중에 정작 자기 삶이 없다고 푸념하는 사람도 있다. 주변 사람들은 그를 무척이나 부러워하는데도, 가족들은 그 사람 덕분에 불편하지 않게 살아가는데도, 정작 자기 개인은 행복하지 않다는 것이다.

아흔아홉 섬을 가져도 한 섬을 못 가져 늘 부족하다고 허덕이며 사는 이가 있고, 어떤 이는 소박하게 먹고 수수하게 입고 살면서도 매사 감사하며 넉넉한 마음으로 사는 이가 있다. 어떤 이는 자기는 더 채우기 위해, 더 많이 갖기 위해 허리띠를 졸라매고 사는데 가족들은 쓰고 싶은 데 다 쓰고 자기 희생과 노력을 몰라주거나 절약하는 자기 삶의 방식을 비판하고 심지어는 조롱한다고 서운해하는 사람도 있다.

욕심이 과해 너무 탐욕스러우면 가까이에 친구가 없다. 그런 사람은 사람을 인간적으로 대하지 못하고 모두를 계산적으로 대하기 때문이다.

그런데 한 가지 재미있는 사실은 물질에 대한 욕심이 많으며 인색한 사람들은 자기가 그렇다는 걸 인정하는 경우가 극히 드물다. 자기는 쓸 때 쓰고 아낄 때는 아낀다고 하는데 그런 것은 본인의 판단보다는 주변사람들의 판단이 맞는 경우가 많다는 것이다.

양손 가득 무언가를 꽉 움켜쥐고 있으면 정말 좋은 어떤 것이 내 앞을 지나쳐도 그걸 잡을 손이 없다.

성공과 행복

성공한 사람은 행복할까?

그들의 자식들은 훌륭하게 장성해서 자기 앞길 헤쳐 나가고, 오랫동안 경영해 온 사업은 시스템이 안정되어있으며 각 처에 따른 유능한 전문가를 기용하여 승승장구한다.

오늘날 성공한 사람들은 그 누구보다도 열심히 산 사람이다. 젊어서부터 일에 파묻혀 사는 즐거움도 모르고 격동의 시대를 견뎌왔다. 그러다 문득 자신을 돌아보니 홍안은 어디 가고 어깨가 축 처진 초로의 한 사람이 있을 뿐이다. 그들에게 가장 큰 위안은 자신의 청춘과 맞바꾼 가족의 복지와 안녕이다. 사실 늙음에 대한 공허함은 보람과는 조금 차원이 다른, 보다 근원적인 감정이다.

구두 한 켤레를 몇 십 년 신었네, 찬물에 밥 말아먹고 꼭두새벽 출근했네 하는 대기업 회상들의 이야기를 읽은 적이 있다. 국가 경제를 쥐락펴락한다는 사람의 생활이라고는 믿어지지 않을 만큼 소박하다. 툭하면 여기저기 불려 다니며 수모를 당하는 일, 수많은 직원과 그 가족의 생계를 어깨에 짊어져야 하는 그 무게는 개인의 행복과는 거리가 멀 것이다.

성공을 꿈꾸는 사람들에게 그들은 선망의 대상이다. 자신도 하루빨리 성공해 사회에 기여하고, 폼나게 살고 싶어한다. 그러면 행복할 거라고 믿는다. 그런데 참 아이러니하다. 정작 성공한 사람들 가운데는 "사는 재미가 하나도 없다"고 하는 사람도 많으니 말이다. 내 주변에 사회에서 제법 성공했다고 자타가 인정하는 분들이 있다. 존경하는 그분들에게서 그런 말을 들을 때 나는 성공과 행복의 함수관계를 다시 생각해본다.

행복은 꼭 성공에만 있는 것이 아니라 성공을 향해 가는 과정에 있다는 생각을 해본다. 성공을 향한 한 걸음 한 걸음, 아마도 행복은 그 틈새에서 피어나는 꽃 같은 것은 아닐까.

오라는 곳이 많아도, 오라는 곳이 없어도 현대인의 삶은 늘 분주하다. 딱히 해놓은 일도 없이 속절없이 세월을 놓아주며 산다. 그러나 나는 절대 용기를 잃지 않기로 결심한다. 일찍 성공한 사람들을 존경하되 조급해하지 않기로 한다. 좀 돌아가면 어떤가. 나에겐 할 일이 있고 의욕도 있고 열정도 있지 않은가.

"나를 비롯하여 아직 갈 길이 먼 우리 대다수의 사람들이여, 희망이 있는 한 지금이 가장 행복한 때가 아닐까요?"

신뢰

　사람은 자신을 믿어 주는 사람을 위해 때로는 목숨도 아끼지 않는다는 의미심장한 말이 있다.

　믿음은 타인을 위해 필요한 것이 아니라, 나를 위해 필요한 말이다. 자신을 가장 힘차게 일으켜 세우고 가장 굳건히 지탱하고 지켜 주는 덕목이다. 사람은 자신이 사랑하는 사람, 자신을 믿어 주는 사람들을 실망시키지 않기 위해 노력하면서 자신의 성장도 함께 꾀한다.

　믿음은 거창하고 큰 일에만 중요한 것이 아니다. 소소한 일상 중에 더 자주 중요하다.

　약속을 하고서 기다리는데 상대방이 오지 않을 때, 연락마저 되지 않아 마음 졸이면서도 올 때까지 기다리는 것은 그 사람이 나와의 약속을 저버리지 않고 반드시 오리라는 믿음 때문이다. 그 진심과 믿음이 통하는 연인이라면 사랑 또한 튼실하게 결실을 맺을 것이다.

어려운 시험을 앞두고 밤낮으로 공부에 전념하는 사람은 지금의 이 수고가 반드시 좋은 결과를 가져다주리라는 믿음 때문이다. 그래서 자기 인생 앞에 더 나은 미래가 펼쳐질 것이라고 희망한다. 자신의 판단과 행동에 대한 확신이 있을 때 고통도 달게 견뎌내는 것이다.

사람과 사람이 얽히고설켜 살다 보면 자잘한 오해가 생기기도 하는데, 내가 그 사람에게 나쁜 마음이 없고 딱히 이렇다 할 오해의 소지도 없고, 그 사람도 분명 나와 같은 생각일 거라는 믿음을 갖고 변함없이 대하면, 그리 멀지 않는 날에 별 탈 없이 관계가 회복되며 이전보다 더 가까워지는 경우도 흔히 있다.

그러나 언젠가는 이해할 수도 있으며 이해 받을 수도 있는 것이 인생이요 인생살이지만, 인간관계에 있어서 최소한 기본은 반드시 지켜져야 한다. 너무나 당연하고 너무나 상식적인 말이지만, 거짓말과 남에 대한 비하나 험담, 소신 없고 무책임한 태도는 어느 사회에서나 환영받지 못한다. 사람에 대한 신뢰는 이런 상식적이고 기본적인 덕목에서부터 비롯되는 것이지 갑자기 생겨나는 것은 아니다.

　사회가 각박하고 어려울수록 기본이 충실해야 한다. 또한 중요한 덕목일수록, 필요한 태도일수록 남이 먼저 지켜주기를 바랄 것이 아니라 내가 먼저 지켜야 한다. 상대방에게 자신이 먼저 믿음을 깨트리는 잘못은 저지르지 말아야 한다는 게 믿음에 대한 기본수칙임을 말하고 싶은 것이다. 믿음을 깨는 것이 습관이 돼버린 사람은 주변사람들을 우울하게 한다.

　한번 금이 간 그릇은 언젠가는 물이 새게 마련이고 깨어진 독에 아무리 열심히 물을 부어본들 차오르지 않음은 물을 붓는 사람이나 물을 담을 수 없는 독이나 너무나 허무한 일이다.

사람꽃 인연꽃

　우리 모두는 사람들과 행복하고 사람들과 상처 받고 사람들과 위로하며 사람들과 기쁘고 슬프고 또한 살고 죽는다. 이 세상에 태어나는 순간부터 죽는 날까지 사람들과 떨어져서는 살 수 없다.

　이치가 그럴진대 우리는 사람들로부터 존중받기 바라면서 가끔은 사람을 존중하지 않기도 한다. 특히 가장 가까운 사람들에게 무관심하거나 냉정하게 대할 때가 있다. 너무 자기중심적이어서 자기의 조그마한 불편은 크게 호소하면서 남의 큰 불편 따위에는 무감각하게 받아들이는 것을 스스로 경계해야 한다. 내가 아플 때 남도 아픈 데가 없나 생각해보고, 내가 힘들 때 남의 입장도 생각해본다면 가까운 사람들끼리 서로 미워하고 상처주며 살진 않을 것이다.

내 주변에 사람이 없다면 세상의 슬픔과 기쁨, 즐거움 같은 감정도 없었을 것이다. 사람이 얼마나 중한지 얼마나 귀한 인연으로 만난 것이지 생각해봐야 한다. 좋은 인연이든 비켜간 인연이든 나쁜 인연이든 모두가 내 인생의 한 편린이니 생각해보면 의미 없는 일이란, 의미 없는 사람이란, 의미 없는 인연이란 하나도 없다.

세상 살아가는 일은 끊임없이 사람을 만나고 인연을 맺어가는 일이다. 그 사람꽃 인연꽃으로 나를 지탱하고 나를 결정하는 것이다.

가끔 사람으로 인해 슬플 때, 고마울 때, 나는 그때마다 새로이 배우며 산다.

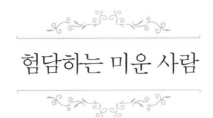

험담하는 미운 사람

　내 발등을 찍는 도끼는 언제나 내가 믿는 도끼다. 나를 힘들게 하고 상처를 주는 사람도 거의가 믿었던 사람이다. 믿었기 때문에 속내까지 보여줬고 아픈 면과 부끄러운 면도 보여준 것이다. 내가 믿었던 사람이기 때문에 나에 대한 정보도 많을 것이고 나의 허점도 잘 알 것이다. 허점을 잘 알기에 정확하게 타격을 가할 수 있는 것이다.

　나는 여성으로서 사회생활하는 데에 있어서 아직도 우리 사회에 많은 편견이 있음을 절감한다. 그래서 여성 동료들끼리 서로 상부상조하고 연대해서 시너지를 낼 수 있으면 그렇게 해야한다고 생각한다. 특히 나와 비슷한 연배나 아래의 여성에게는 내가 먼저 접하거나 먼저 깨달았던 점을 공유함으로써 그들이 비슷한 시행착오를 피해가기를 진심으로 바란다. 그리고 나보다 마음 약한 여성들에게는 은근히 모성애까지 생겨 나를 필요로 하면 힘껏 배려하게 된다.

그런데 최근에 이것이 과한 오지랖이 될 수 있다는 것을 깨달았다. 자기랑 나와는 아무런 이해관계도 없는데 다른 사람들에게 나를 모함하고 왜곡되게 얘기한다는 것을 알고 나는 몹시 배신감을 느꼈다. 한동안 사람 만나는 것이 우울하고 공포스러울 만큼 큰 상심에 휩싸였다. 나는 누구에게든 그 사람에 대해 나쁜 얘기를 단 한 번도 한 적 없다. 설령 우연히 알게 된 사적인 면들이 있다손 쳐도 본인이 직접 말하지 않는 점에 대해서는 모르는 체해주는 것이 우정이라고 생각했다. 그런데 그 사람이 나를 곤혹스럽게 하는 얘기를 누군가에게 했다는 것이다. 우리말은 토씨 몇 개만 바꾸어도 뜻이 완전히 달라지는 경우가 많다. 왜 그랬을까? 배신감과 괘씸한 생각에 분한 며칠을 보냈다.

그런데 며칠이 지나는 동안 나는 묘한 감정을 경험했다. 내 자신에 대해 엄격한 재점검을 하게 된 것이다. '나'라는 본래의 바탕부터 주변까지 가로세로 정돈을 하게 되는 그야말로 엄격한 자아 겸열의 시간을 갖게 된 것이다. 그랬더니 놀랍게도 그 사람이 하나도 밉지 않고 오히려 고마운 생각이 들었다. 사람이 인생을 살다보면 자기자신을 엄중히 되돌아보는 시간을 가끔 가져야 하는데 그런 계기가 잘 만들어지지 않는다. 그 사람이 나에게 그런 귀한 기회를 마련해 준 것이다. 나를 더욱 탄탄한 사람으로 거듭나게 해준 것이다.

물론 그런 일을 겪을 땐 기분이 좋지 않다. 그러나 가까운 사람에게 상처를 받거나 자기를 곤경에 빠뜨리려고 한 사람이 있어서 괴로움을 겪는 사람이 있다면 빨리 슬럼프에서 벗어나 그것을 인생의 약으로 대신하라고 말해주고 싶다.

"그 사람은 당신을 아프게 하려고 했지만 오히려 당신을 더욱 성숙하게 성장시켜 주네요."

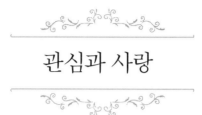

관심과 사랑

고것 참 윤기가 자르르하다. 힘이 넘친 듯 쭉 뻗어있는가 하면, 사리사욕을 다 비운 듯 허공에 몸을 내맡기고 낭창낭창 휘어 늘어져 있다. 어제만 해도 시름시름하여 내 속을 태우더니만.

평소에는 틈틈이 들여다보고 닦아주고 말도 건네며 관심을 가졌는데, 요즘 들어 내가 뭔가에 정신이 팔려 관심을 기울이지 못했다. 어제저녁에 문득 바라보니 꼴이 말이 아니었다. 누렇게 뜨고 산목숨에 먼지까지 앉았다. 금방이라도 곧 무슨 변고가 날 것만 같았다. 내 얼굴을 힘없이 올려다보며 관심 가져달라고, 사랑해달라고, 만져달라고 애원하는 것만 같았다. 안쓰럽고 미안한 마음에 속이 뭉클해지는 것이었다.

얼른 생수를 받아다 조심스럽게 부어주었다. '스스스슙…' 달게 물을 받아먹는 소리를 들으며 한 잎 한 잎 정성껏 닦아주었다. 흐트러진 매무새를 정리해주었더니 한결 나아졌다. 아침이 되자 다시 예전 건강한 모습에 자신감과 여유까지 되찾았다. 덕인의 기품에 비유되는 식물다운 동양란 본연의 모습이다. 유현(幽玄)하고 보기에 참 좋구나.

내 사무실 책상 위에 놓여 있는 난(蘭) 이야기다. 식물이든 짐승이든 사람이든 사랑과 관심을 받을 때 가장 빛나는 영적 에너지를 갖는다. 사랑받는 사람에게서는 광채가 난다. 외모만 빛나는 것이 아니라 마음결도 고와진다. 사랑받지 못하는 사람은 풀이 죽거나 심술스러워지는 경우가 많은 반면, 사랑받는 사람은 다른 사람도 사랑할 줄 알고 누군가를 구원하기도 한다.

물론 사랑과 관심이 아니더라도 생존조건만 충족되어도 목숨부지하는 데에 지장은 없다. 그러나 사랑받는 생명과 그렇지 못한 생명은 중요한 차이가 있다. 그것은 '초월적 생명력'의 차이이다. 사랑 없이 조건으로만 키워낸 생명은 겨우 저만 살아가는 정도밖에 안 된다. 즉, 초월적 생명력이 없다. 사랑은 사랑으로 이어지고 미움과 폭력은 미움과 폭력으로 이어진다. 슬픈 뉴스 속에 비춰지는 가슴 아픈 사건들을 접하며 어렸을 때 성서석 물리적 환경이 사람들 인성에 얼마나 많은 영향을 미치는가 되새겨보게 된다.

이에 비해 사랑과 관심 속에 탄생하고 성장하는 생명체는 주변에까지 생명적 기운을 형성하며 보다 많은 것에 맑고 밝은 에너지를 나누어준다. 그 에너지는 처음 사랑을 베푼 사람에게 도로 돌아와 그를 더욱 행복하고 건강하고 빛나게 한다.

내 책상 위에 우아하게 드리워진 난 이파리들을 바라보는 내 마음이 더없이 기쁘다. 이게 바로 사랑의 보상이겠지. 아끼고 사랑해주었더니 결국 내가 행복하다.

내 맘 같지 않네

모든 사람들과 좋은 관계로 잘 지내기란 결코 쉬운 일이 아니다. 가장 믿었던 사람, 가장 아꼈던 사람, 가장 가까운 사람, 스스로도 나를 가장 잘 안다는 사람. 그러나 유감스럽게도 나를 가장 힘들게 하거나 실망시키는 사람 또한 항상 그들 중에 있다. 명심보감에 '서로 얼굴을 아는 사람은 세상에 가득하지만, 마음을 아는 사람은 극히 없다'는 말이 있다. 예나 지금이나 사람 사는 이치는 별반 다를 게 없는 모양이다.

지인 한 사람이 자기가 당한 상황을 얘기하며 분통을 터트렸다. 가깝게 지내던 사람이 자기를 찾아와 다짜고짜 "네가 어떻게 내 뒤통수를 쳐?" 하고 따지기에 하도 어이가 없어서 "십 몇 년 나를 겪어보고도 네가 나를 그렇게밖에 몰라서 그래? 내가 그럴 사람이야?"라고 되받았더니 그 다음 말이, "내 앞에서만 친절했으니 그 시키먼 속을 내가 이떻게 알았겠어?" 하디라는 것이다.

나에게 하소연하는 지인이 정말 억울해하는 점은, 자기라면 누군가 자기에게 그 사람을 비난하는 말을 하더라도 오랜 우정을 봐서 그 사람 말만 듣고서 오해하지 않았을 텐데 '내 맘 같지 않다'는 것이다. 오래 전 일이지만 '나를 몰라주어 섭섭하다'는 말이 여태 내 머릿속에 남아 있다.

그래, 사람 마음 다 알 수 없지. 나도 내 마음을 잘 모를 때가 많은데, 내가 어찌 남의 속을 잘 알 수 있단 말인가? 바꾸어 생각하면 나와 절친한 사람도 나를 다 알기란 어려운 것. 그러니 나를 몰라준다고 어찌 내가 남을 서운하다 하랴. 사실 부부 사이, 고부간, 부모형제 사이, 직장 동료간, 모든 인류의 갈등도 따지고 보면 다 '알 수 없는 사람 속' 때문에 일어나는 사단일 터.

가까운 사람을 추호의 의심 없이 믿어야 하는 것이 이상적인 인간의 도덕률이다. 하지만 현실은 도덕의 저 건너편일 경우가 많다. 도덕에만 기대기에는 너무나 변수가 많은 것도 사실이다. 때문에 윤리와 처신의 함수관계가 더러 모호해지기도 한다. 가장 설득력을 갖는 것은 그때의 상황과 정황뿐일 때가 있다. 안타깝게도 눈 빤히 뜨고 보는 앞에서 발등 찍히는 일이 다반사인 것도 그 때문일 게다.

인간관계란, 금쪽같은 금언 격언 등을 갖다 붙이지 않더라도 유사 이래 '사람 속'에 대한 충고와 조언은 지금까지도 유효하다.

음력 섣달 보름달이 대책 없이 밝게 부풀어 있다. 창 가까이 다가와서 나를 빤히 쳐다보고 있다. 달아! 너도 나에게 네 맘 몰라준다 하소연하고 싶은 것이냐?

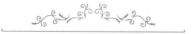

잘 익은 사람, 덜 익은 사람

　사람을 두고 잘 익었느니, 잘 숙성됐느니 하는 표현이 맞기는 한 것일까? 주변을 살펴보면 극소수이긴 하지만 무슨 일이든 간간하게 따지고 불쑥 화부터 내거나, 상대방을 무시하거나, 타인에 대한 배려가 없어서 사람을 불편하게 하는 사람이 있다. 상대방에 뭐 흠잡을 만한 점은 없나부터 훑어보는 부정적인 사고를 가진 사람이 더러 있다. 그런데 정작 자신은 그걸 모른다. 아직 어려서 그런 것일까 생각을 안 해보는 것은 아니지만, 나이 마흔을 훌쩍 넘기고도 그런 사람들의 경우, 어리다는 이유는 납득돼지 않는다. 나이도 먹을 만큼 먹었고 세상 경험도 어느 정도 해봤고, 인간 관계의 메커니즘이나 그 중요성을 알 만한 나이의 사람이 그럴 때, 나는 너무 자기중심적인 사람을 두고 나이는 어른이지만 '아직 덜 익은 사람이다' 라고 생각한다.

나는 요즘 들어 이 말을 벌써 서너 번째 중얼거리고 있는 나 자신을 되돌아보며 내가 평소에 불만이 많은 사람인가 하고 생각해 본다. 그러면서 문득 '그러는 나는 어떤가?' 하고 되돌아본다.

　이런 생각을 하자. 그리 먼 일도 아닌 한 달여 전에 있었던 기억 하나가 나의 머리를 세차게 뒤흔들며 떠올랐다. 그리고 나의 머릿속에 떠오른 부끄러운 회상장면을 누군가 보고 있을 것만 같아 주변을 두리번거렸다.

　9월의 어느 날 가을비가 가랑비로 내리는 이른 아침, 보통의 출근시간보다 좀 일찍 출근하여 주차를 하는데, 건물 관리인인 한 아저씨가 뭔가 오해를 했는지 나를 알아보지 못했는지, 차를 빼라고 퉁명스럽게 몇 마디를 던졌다. 나는 몇 층의 누구라고 말하는 과정에 자기 말만 하는 아저씨와 좀 언짢은 대화가 오갔다. 그 아저씨의 말의 요지는 차량에 붙여야 할 새 스티커를 왜 안 붙였냐는 거였고, 내 말의 요지는 깜빡하고 못 붙여 미안하지만 그러기 이전에 우리는 여러 차례 안면도 있는 사이인데 아침부터 이렇게 큰소리냐는 거였다.

　가랑비였지만 어깨 위에 제법 비까지 맞아가며 잠깐 옥신각신하다가 난 투덜거리며 건물 안으로 들어갔다. 그런데 일이 거기서 끝났다면 이내 잊어버렸을 텐데, 그동안 잘 포장해둔 옹졸한 나의 성질머리가 그 순간에 폭발해서 다시 주차장으로 내려갔던 것이다. 그리고는 아저씨를 기어코 찾아내서 "이렇게 이른 아침에, 그것도 막 출근하는 사람에게 꼭 그러서야 되겠어요?"하며, 싸울 듯이 따지는 사태가 벌어지고 말았다. 이런 나의 돌발적인 행동에 아저씨도 놀랐는지 처음엔 흠칫하시더니 나중에는 같이 고함소리를 내다 아무도 말리는 이 없는 공간에서 스스로 대치상황을 풀고 각자의 발걸음을 뗐다.

나는 그 일을 한 시간도 안돼서 바로 후회했다. 연세도 많으시고 밤새워 경비하며 힘든 일 하시는 초로의 아저씨에게 친절하게 잘해드리지는 못할망정 왜 그렇게 속 좁은 짓을 한 걸까? 무척 자괴감이 들었다. 그때쯤 나는 뭔가에 늘 쫓기듯 산 것 같다. 변명하자면 새로 시작한 신문은 뜻대로 풀리지 않고, 하고 있는 공부의 학습량이 이번 학기 들어 부쩍 늘어서 항상 억눌리는 기분이었다. 게다가 여성이 사업하는 데에 이런저런 편견과 불이익이 많음에 은근 부아가 난 탓도 있다.

나는 평소에 화를 잘 안 내며 산다고 스스로 생각하고 있었다.

상대방 입장으로도 생각해보아야 한다고 항상 마음을 다잡는 편이다. 그것이 인품이라고 생각해 왔다. 그러나 본래의 내 모습은 다른 면이 많았던 것이다. 급하고 이기적인 부분이 이렇게 따로 있었던 것이다. 강자 앞에서는 목소리를 못 내고 지내다 약자 앞에서나 큰소리 한번 쳐보는 나의 못난 행동이 그것을 말해주고 있었다. 그러면서도 나는 이 사회라는 울타리 안에서 그럴싸하게 포장하며 살고 있구나 하는 생각에 이르자 나의 위선과 이중성이 몹시 부끄러웠다. 이것이 바로 사람이 익지 못한 탓이로구나. 제대로 잘 익은 사람이라면 분명 그리하지 않았을 것이다.

내가 아는 그 아저씨는 늘 부지런하시고 깔끔하고 순한 분이었다. 만나면 바로 사과해야지 생각하고 있는데 그날따라 아저씨를 다시 만날 수 없었다.따질 때는 자발적으로 찾아가기까지 하더니 사과해야 할 때에는 소극적으로 기다리고 있다니… 후일 복도에서 만나 사과와 화해를 했지만 지금 생각해도 마음이 무겁다.

제법 쌀쌀한 날씨와 따사로운 햇살 아래, 벼들이 황금물결로 자기들끼리 서로 의지하며 잘 영글어가고 있는 풍경을 본다. 윤기 나고 맛 좋은 최고품질의 쌀로 세상에 나올 날이 머지않았다.
오곡백과가 익어가는 가을에 나도 너욱 진실되게 영글고 익어서
내 인생을 황금물결 지을 수 있기를 소망해본다.

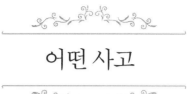

어떤 사고

　자주 다니던 도로에 전날까지 보지 못했던 하얀 마킹 자국이 보인다. 그것은 널브러진 사람 형상을 하고 있었다. 주변이 어수선한 것으로 보아 사고 난 지 얼마 되지 않은 모양이다. 작고 날카로운 플라스틱 조각들이 흩어져 있는 도로 위에, 스티로폼 가루들이 바람에 몰려다니며 마치 그곳을 떠나지 못하는 영혼처럼 주변을 뱅뱅 돌더니 돌연 사방으로 흩어져버린다.

　그곳은 유난히 오토바이 운행이 많다. 평소에도 사고가 자주 목격되는 곳이다. 아직 핏기가 가시지 않은 사고 현장을 지나오면서 핸들을 잡은 손에 힘이 갔다. 등줄기가 서늘해지고 소름이 돋는다. 어쩌다 사고를 당했을까. 사고를 당한 사람 목숨은 온전할까. 사고 흔적에서 감지되는 을씨년스러운 기운이 못내 마음에 걸린다. 내가 무사히 지나온 그 길에서 바로 좀 전에 누군가

죽었을지도 모른다고 생각하니 참담한 기분이 들었다.

 우리 모두가 그렇듯, 그도 아침 일찍 눈을 뜨고 주어진 하루를 살기 위해 몸을 일으켜 집을 나섰을 것이다. 이달 꼭 지출해야 할 명세서를 헤아리며 적금 부을 일과 대출부금을 걱정하고 일 끝난 뒤 가족들과 단란한 저녁식사를 기다렸을 것이다. 점심은 무엇을 먹을까 하는 생각을 잠시 했을지도 모른다. 입맛이 씁쓸해진 나는 그날 점심을 먹을 수가 없었다.

 사고를 당한 사람이 있으면 사고를 낸 사람이 있을 것이다. 처참한 사고를 낸 사람의 인생은 또 뭐란 말인가. 나 또한 운전 중에 오토바이가 불쑥불쑥 튀어나와 가슴을 쓸어내린 일이 여러 번 있었다. 사고를 낸 사람도 사고를 당한 사람도 나와 전혀 무관할 수 없는 사람들이다.

 이 일을 계기로 나도 모른 사이 느슨해져 있는 안전의식을 점검하고 추슬러본다. 가족에게도 안전을 당부하고 또 당부한다. 이 긴장은 한동안 유지되어 나의 안전의 등불이 될 것이다.

 우리가 무탈하게 사는 것은 다른 사람의 불행이나 실수, 실패가 밑거름된 덕분이라는 생각이 든다. 누군가가 아팠기 때문에 내가 건강을 챙길 수 있으며, 누군가가 사고를 당하거나 저세상으로 가면서 우리에게 안전의 교훈을 남겨준다. 내가 살아가는 데에 뭇 사람의 희생이 있었음을 깨닫자 내 삶을 얼마나 존귀하게 써야 하는가, 그리고 바르게 잘 살아야 하는가 생각하게 되었다.

2부

희망 위에 피는 꽃

　1월은 희망으로 출발하는 달이다. 다사다난했던 묵은해를 보내고 맞는 새해는 이런저런 계획과 희망으로 채워보는 달이기 때문이다. 비록 그 계획이 작심삼일로 그치고 그 희망이 얼마 안 돼 절망으로 바뀌는 한이 있더라도 우리의 1월은 언제나 희망과 설렘으로 시작된다.

　그 설렘 때문에 새해 첫 해맞이를 하기 위해 사람들은 산과 바다를 찾는다. 새해 첫 소망 기원을 보다 성스런 곳에서 경험하기 위해서이며 누구보다도 먼저 희망의 상징을 맞이하고 싶기 때문이다.

　해를 거듭할수록 경제전망이 결코 낙관적이지 못하다. 세계경제와 함께 우리 경제도 고용불안과 금융변화, 수출 둔화로 어려워질 것이라고 하는데, 이러한 가운데 우리 이웃들은 무슨 희망을 이야기하며 준비할 수 있을까? 우리 이웃들의 희망은 뜻밖에 너무나 소박하고 가장 근원적인 것이리라. 가족의 건강과 안전, 안녕 같은. 그러나 말이 쉽지 가족의 건강과 안전, 안녕은 우리 생활과 생명을 영위하는 가장 중요한 요소들이지만 그것은 세상 사람 누구나 누릴 수 있는 것은 아니다. 우리 주변에는 의외로 아픈 사람, 다친 사람, 불우한 사람들이 많다. 그래서 우리는 그 외에 더 바라는 것을 일컬어 욕심이라고 하지 않은가. 그러나 그 욕심 또한 처지에 맞게 잘 운용하며 실천이 따른다면 한발 앞서 나아간 꿈으로 현현될 수 있다.

희망, 특히 새해 소망에는 나이대별, 연도별 역사가 있는 것 같다. 나의 십대, 어느 해의 소망은 병으로 생사를 헤매고 계시는 아버지의 건강을 되돌리는 일이었다. 그것은 비단 나만의 소망이 아닌 우리 가족 모두의 소망이었다. 아버지는 40대 후반의 간경변 환자이셨다. 수년간 병원과 집을 오가며, 입퇴원을 계속하시다 결국 집도 병원도 아닌 다시는 돌아오지 못할 곳으로 떠나셨다. 그때는 아버지의 죽음이 도저히 믿기지 않았다. 무쇠처럼 강하고 하늘보다 높은 내 아버지가 더 이상 숨을 쉬지 않는다는 사실을 정말 받아들일 수가 없었다. 무척이나 자상하시고 유머

러스했고 친구처럼 다정했던 아버지의 죽음은 엄청난 충격이었다. 스무 살 나에게는 세상이 아무것도 아니고 아무것도 없는 것 같았다.

아버지의 부재는 나를 일찍 철들게 했고 매사 책임감 있는 사람으로 성장시켜주었다. 가난은 나를 너그러운 사랑과 가족과 공동체의 중요성을 알게 했다. 그리고 결코 포기할 수 없는 꿈과 희망은 나를 앞으로 나아가게 하는 원동력이 되어 주었다.

아버지는 우리 다섯 남매가 아주 어렸을 때부터 '공부하라'는 말씀보다 '경우에 맞는 바른 처신을 하라'는 말씀을 자주 하셨다. 어렸을 땐 그 말이 무슨 뜻인지 몰랐다. 스무 살 이전에는 '사람답게 살아라'는 뜻인가 보다 할 정도로 어렴풋이 아는 것 같았다. 그러나 나이를 먹으면 먹을수록 그 말의 의미는 대단히 철학적인 뜻을 가지고 있다는 것을 알게 되었다. 아버지의 그 말씀은 인생론을 설파한 세계 유명 석학들의 메시지보다 더 강렬한 것이었다. 나는 지금도 그 말씀을 항상 새기며 살고 있고 그 말씀이 나를 단단하게 지탱해주고 있다고 생각한다.

아버지와 어머니는 비교적 사이가 좋으셨다. 술을 좋아하시는 아버지에게 엄마의 잔말씀이 늘 있었지만 두 분이서 여행도 자주 다니셨고 체격이 크셨던 어머니가 기성옷이 맞지 않아 옷차림이 남루한 듯하면 양장점에 가서 옷을 맞춰 입으라고 하셨던 기억이 많이 난다. 특히 어머니의 음식솜씨를 아주 자랑스럽게 생각하셨다. 술 좋아하고 사람 좋아하시는 아버지에게는 찾아오는 손님이 무척 많았다. 그때마다 어머니는 정성껏 음식을 준비하셨고 집에서는 맛난 냄새와 사람들 웃음소리가 가득했다.

아버지는 무척 낭만적이셨던 분이다. 크리스마스나 생일 등 무슨 기념일에는 과자와 사이다 같은 것으로 조촐한 파티도 해주셨다. 엄마의 생일선물도 챙겨주시고, 우리 딸들에게 들꽃을 꺾어오도록 심부름을 시키셨던 기억이 난다. 나와 동생이 코스모스와 과꽃, 조그마한 갈대 비슷한 들풀을 꺾어다 화병에 꽂아두기도 했다. 기타도 잘 치셨다. 수시로 기타를 치시며 박인수의 옛노래를 부르셨다. 구슬픈 그때의 노래를 우리 남매들은 저절로 익혀 따라 부르게 되었다. 기타를 치시며 슬픈 곡조를 부르실 때 촉촉하게 빛나는 눈꺼풀이 무척 인상적이셨다. 생활력 강하신 엄마와 낭만적인 아빠를 둔 덕에 시골생활에서는 보기 드물게 우리 집은 활력이 넘쳤고 큰 부족함 없이 행복했다.

아버지가 돌아가시고 닥친 가난은 우리 가족들로 하여금 경제적 자립을 가장 큰 소망으로 갖게 했다. 그때의 가난은 홀로 남으신 어머니를 중심으로 사랑과 보살핌으로 우리를 똘똘 뭉치게 했다. 그리 건강하시지 못한 체질에다 아버지의 오랜 병간호로 지칠 대로 지친 어머니는 제대로 쉬지도 못하고 닥치는 대로 일을 하러 나가셨다. 그때의 우리 엄마의 나이는 나보다도 한참 젊은 나이셨다. 50도 안 된 나이에 다섯 자식을 떠안고 살아갈 세상을 생각하면 얼마나 공포스러우셨을까 생각해본다. 사시면서 수많은 우여곡절과 말 못할 어려움은 얼마나 많으셨을까. 다시 생각해봐도 엄마는 위대한 존재다. 그래도 그때는 우리끼리 똘똘 뭉쳐 의지하고 살았으니까 좋았다.

가난했지만 가난한 줄 몰랐다. 가족의 힘이 그처럼 큰 것이다. 나는 머지않아 큰고모와 큰고모부의 권유로 돈을 벌기 위해 서울로 오게 되었다. 몇 개월 가량의 교육을 받고 시험을 치르고 손해보험 대리점 사업자등록을 내어 사업을 시작했다. 주변에서 최연소 사업자라고 격려해주었다. 말이 사업이지 경영은 큰 고모부가 하셨고 나는 명의만 얹어놓은 바지사장이었지만 그래도 그 덕분에 서울에서의 사회생활이 그다지 어렵지 않았다. 몇 년이

지나자 대학에 간 친구들의 졸업소식이 들려왔다. 나는 세월의 흐름을 실감했다. 그때 나에게 새로 생긴 소망은 못 다한 공부를 다시 하는 것이었다. 그 소망은 결혼을 하고서 둘째아이를 낳은 후에야 이룰 수 있었다.

어렸을 적부터 소원이었던 시인의 꿈을 향해 한국방송통신대학에서 한국 문학을 전공하고, 드디어 모 문학잡지를 통해 시인이 되었고 시집도 내게 되었다. "곽 시인"이라는 호칭은 내 꿈을 이루는 신호탄 같은 것이었으며 뭔지 모를 사회적 임무까지 부여해주는 것 같아 더없이 기분 좋고 뿌듯했다. 중고등학교 때부터 시를 쓰고 있었던지라 국문학 공부를 시작했다는 소식에 친구들이 제 일처럼 축하해주고 기뻐해주었다. 이후 석사과정을 거쳐 지금은 박사과정을 수료했다.

생각해보니 나는 한 번도 내 꿈을 포기하지 않았다. 지금도 나는 나의 꿈을 실현중이다. 시인의 꿈을 이룬 나는 현재 월간으로 문학잡지를 발행하며 한국문학 발전과 계승을 위해 나름 기여하고 있다. 좋은 시인과 작가를 발굴하여 등단의 길을 열어주는 역할도 하고 있으며, 문학으로 우리 사회에 좋은 일을 하고자 노력하고 있다.

나는 지금도 나의 꿈과 희망을 향해 앞으로 나아가고 있는 중이므로 수많은 가능성이 열려 있다고 믿는다. 모든 꿈을 놓았을 때 행복도 정지하는 것이지, 꿈을 위한 도전을 멈추지 않는 한 행복의 성장가능성도 높아질 것이다. 나에게 일찍이 시련이 없었다면 오늘의 나는 지금과는 달랐을지 모른다. 시련을 겪어본 사람에게 시련은 또 극복할 수 있는 것이다.

몇 년 전에 갑상선암수술을 받고 평생을 약에 의존해 살아가야 하지만 그 또한 한번도 마음 약해지거나 기 죽어 본 적 없다. 병 또한 내 몸에 든 손님이라 생각하고 잘 대접해서 잘 보내야지 생각한다.

만약 사람에게 희망이 없다면 당장 오늘 하루를 살기 어려울 것이다. 특히 요즘처럼 모든 면에 있어서 어려운 때일수록 우리를 단단히 부여잡아주는 것은 희망이다. 모든 계획은 희망을 전제로 한다. 따라서 희망이 없는 계획은 그저 물거품에 지나지 않는다. 행복은 바로 그 희망 위에 피는 꽃이다.

백령도에 다녀와서

　백령도에 다녀왔다. 국정원에서 마련한 안보의식 함양 교육의 일환으로 한국잡지협회 회원들과 함께한 1박 2일간의 안보교육은 전후세대인 나에게는 특별한 기회였다.

　인천 연안부두에서 4시간 30여 분간 배를 타고 소청도, 대청도를 거쳐 도착한 백령도 선착장에는 바람에 펄럭이는 수십 기의 태극기가 우리를 맞이하고 있었다.

　섬을 지키고 서있는 두무진(頭武津)의 바위들은 마치 용맹한 장군들이 머리를 맞대고 조국의 안위를 위해 논의하는 듯 위용이 당당한 형상을 하고 있었다. 섬 주변을 빙 둘러선 장엄한 바위들은 수천수만 권의 책을 켜켜이 쌓아놓은 듯, 단애를 이루며 장관을 연출하고 있었다.

해병대 제6여단에서 전시를 대비하여 구축한 지하벙커와 요새를 보고, 저녁에는 국정원 수련원에서 북한 의사출신 여성 탈북자의 증언을 경청했다. 탈북자가 전하는 탈북 과정은 고난의 가시밭길이었다. 놀라운 것은 북한주민들의 실상이었다.

북한 주민들의 굶주림을 비롯한 민생에 관한 이야기는 여러 매체를 통해 듣고 보기는 했지만 이번 교육을 통해 기아와 인권 사각지대에 놓인 북한 동포에 대해 절실한 마음을 갖게 되었다. 그리고 나의 안보의식에 대해 생각해보았다. 물에 술 탄 듯, 술에 물 탄 듯, 흐릿한 안보의식은 안 된다. 소중한 것을 지키려면 우리는 더욱 강해져야 한다.

남북 정상회담이 평양에서 이루어졌고, 화해 무드가 무르익어가는 오늘날 웬 느닷없는 안보의식이냐고 의아해할 수 있지만 집안일이나 나랏일도 태평한 때일수록 신중히 주변을 살펴야 하는 이치를 우리는 세계 역사의 흥망성쇠를 통해 알고 있다. 우리가 살고 있는 지금을 태평성대라고 말하기에는 엄청난 괴리가 있는 게 현실이 아니던가.

차제에 정치적 숙청이나 민생고 때문에 탈북한 북한 동포들이 국제난민보호법에 따라 제대로 인권을 보호받고 정착할 수 있도록 우리 정부는 물론 중국 정부에 대해서도 인권차원의 대처를 바라는 마음 또한 크다. 더욱이 중국은 내년 올림픽 개최국이 아닌가.

언젠가 뉴스에서 본, 중국정부로부터 강제 추방되는 탈북 모녀의 몸부림과 절규가 문득 떠오르는 아침이다.

- 백령도에 다녀와서(2007년)
당시에 쓴 글이라 지금의 현실과는 맞지 않는 부분이 있음을 밝혀둔다.

효

효에 관하여 말하고자 하면 우선 심리적으로 위축된다. 왜냐면 부모님께 성심으로 효도를 하자고 이야기를 결론지을 것이 빤한데 사실 나 자신도 효를 실천하지 못하고 있기 때문이다.

이 부끄러운 고백을 감수하고서라도 이 글의 화두를 '효'로 정한 것은 사람의 가장 기본적이고 중요한 윤리강령이며 사람됨의 가장 우선적 도리이기 때문이다.

일부러 효를 하고 싶지 않은 사람은 없을 것이다. 효에 대한 중요함을 누구나 잘 알지만 어쩌면 그것은 우리가 공기 중에 산소를 마시며 살면서도 산소 자체에 대한 인식이나 그 고마움에 대해서 전혀 생각하지 않고 지내는 것처럼 우리는 우리 부모님에 대해 마냥 안일한 생각으로 살아가고 있다.

경우에 따라서는 살다 보니 이상하게도 언제부턴가 부모님과 혹은 자식과 관계가 굴절되거나 단절된 가정도 있다. 그러나 모든 일에는 실마리가 있는 법. 먼저 자각하고 인식한 쪽에서 한 올 한 올 풀어가야할 것이다. 먼저 자각한 사람이 지혜롭다. 그 지혜로 다른 사람들이 쉽사리 찾기 어려운 화해와 사랑의 실마리를 찾을 수 있다. 맺힌 관계를 푸는 일은 결코 간단한 일이 아니다. 그러나 어렵다고 그냥 내버려두다가 생사의 이별을 맞고서야 눈물의 화해를 하는 것을 본다. 그러나 이미 그때에는 너무 한이 크게 남는다. 모든 일이 그렇듯 너무 늦기 전에 할 일은 해야 한다.

나는 '효'라는 개념을 너무 고차원적이거나 심각하게 생각해서는 안된다고 생각한다. 나 또한 내 마음 내키는 대로 하고 싶으면 하고 마음 내키지 않으면 안 하는, 그러니까 저 하고 싶을 때 혼자 사시는 엄마를 챙겨드린다. 그것도 내가 챙겨드리는 것보다는 엄마가 나를 더 많이 챙겨주신다. 그런데도 우리 엄마 주변 분들은 나를 보면 '네가 서울 산다는 둘째 딸이냐? 엄마한테 그렇게 잘한다면서.' 하시며 반기신다. 아마도 우리 엄마는 내가 안부전화만 드려도 매우 과장하여 친구들에게 자랑하신 듯하다. 부모의 마음은 모두 이럴 것이다. 자녀들의 작은 관심과 실천에 기꺼워하시고 지극히 행복해하시며 만나는 사람마다 자랑하고 싶을 것이다. 우리 엄마는 먼저 간 아들을 대신하여 큰형부를 비롯한 사위들이 아들 노릇을 다 해주고 있다. 특히 맏딸인 제주도 언니는 우리 엄마 인생을 가장 빛나게 받쳐주는 등대같은 자식일 것이다. 네 딸들도 누구 하나 뒤쳐지지 않을 만큼 엄마에게 잘하고 살갑게 대한다. 제 부모들이 그러니 내 자식들과 조카들도 외할머니와 아주 편하고 가깝게 지낸다. 이런 것이 바로 가풍인가 보다.

모든 수식을 떠나서 우리는 엄마가 살아 계시는 것만으로도 감사하다. 더러는 슬프고 아픈 날도 있지만 이 세상에 태어나 행복을 느낄 때마다 나를 낳아준 엄마에게 감사하지 않을 수 없다.

연세와 질병 때문에 여기저기 안 아프신 곳이 없이 평생을 고혈압, 당뇨 약을 복용하시며 지내셔야 하지만 즐거운 마음으로 재미있게 사시면 좋겠다. 서로 의지하며 마음을 나눌 수 있는 남자친구라도 있으시면 좋겠단 생각을 해 본다. 아무리 고민해왔어도 안 되는 일은 평생토록 고민해도 안 되는 것, 웬만한 시름은 훌훌 털어버리시고 많이 웃고 여행도 많이 다니시라고 당부드린다. 우리 엄마는 성경을 베껴 쓰면서 글씨 연습도 하시고 책을 좋아하서서 내가 갖다드리는 책을 정독하시기도 한다.

알고 보면 우리 모두는 결국에는 고아가 되는 것이다.

'엄마'라고 부르는 그 포근한 호칭을 사용할 수 있는 대상이 있다는 것에 우리는 이 땅의 모든 엄마에게 감사해야 한다. '엄마'라는 말은 세상의 모든 것을 초월한 사랑과 용서와 포용의 상징인 것이다. 나의 사소한 성과에도 크게 기뻐해주고 혹여 허물이 있으면 꾸지람도 하시지만 남 앞에서는 덮어주시고자 따뜻하게 마음 써 주시는 이 세상에서 가장 진실한 내 편이 계신다는 것만으로 나는 엄마의 존재가 고마울 따름이다. 혹시 내가 꾸지람 들을 일이 있을 땐 달게 듣는다. 나이 먹은 만큼 먹은 여자가 엄마가 아니면 누구에게 사심 없는 꾸지람을 들을 수 있단 말인가.

사람은 사랑을 많이 받고 싶은 본능도 있지만 사랑을 베풀고 싶은 본능도 있다. 마음은 있는데 그 마음을 받아주실 분이 없다면 참으로 서글플 것이다.

나는 아직 엄마에게 극진한 존대어를 쓰지 않는다. 내 아이들 보기에 바람직하지 않은 점도 있지만 굳이 존대어로 바꾸려는 노력도 하지 않는다. 영원히 엄마는 엄마이고 딸은 딸인 것이니 그냥 이대로 한마디를 나눠도 자연스럽고 편한 것이 좋다는 생각이다. 어색하면 자칫 경직될 것이 염려된다.

요컨대 '효'란 거창한 데에 의미가 있는 것은 아닐 것이다. 일상에서 소소한 것들을 이야기하고 듣고 아는 것, 불편함이 무엇인지 살피는 일일 것이다. 우리 부모님 세대의 과거 생활은 참으로 어려웠다. 아무리 혹독한 추위와 더위일지라도 웬만한 거리는 걸어 다녔다. 집안 살림살이만 해도 도무지 편리함이란 찾아볼 수가 없었다. 한겨울 설거지나 빨래는 당연히 찬물에 맨손으로 해결해야 했고, 부엌은 또 얼마나 춥고 불편한 점이 많았던가. 요즘이야 아기들 백일이고 돌잔치고 외식산업에 의존하지만 과거에는 종갓집 며느리의 경우 한 달에 한 번꼴로 수많은 가족 친지들까지 수발해가며 제사상을 차려야만 했다. 옷가지도 변변치 못했음은 말할 것도 없었다. 특히 그 시대의 어머니들은 밤늦게까지 이어지는 가혹한 노동에도 제대로 대접받지 못하고 살았던 것이다. 물질적 풍요의 대가로 정신적 빈곤을 치르고는 있지만 지금의 생활은 과거에 비해 얼마나 편리하고 윤택한가.

모든 생활이 편리해진 오늘날 이러한 축복을 누려보자마자 너무나 늙고 무력해졌음을 자각할 때 그 안타까움이 얼마나 크시랴. 이제야 좀 좋은 세월 만났는데 남은 것은 백발에 주름투성이, 관절염, 늙음과 설움뿐이다. 나이를 먹으면서 부모님의 지난 세월에 연민을 느낀다. 지금의 내 부모님의 모습은 곧 나의 미래 모습이기도 하다.

장차 내가 공경을 받고 싶거든 지금 그것을 베풀고 실천해야 할 것이다. 내가 한 만큼 내 자녀들도 그리 할 것이다. 뿌린 대로 거둘 것이니.

소쇄원을 다녀와서

그 긴 세월은 어디로 간 것일까.

이십 사오 년 만에 만난 친구와 나는 길에서도 척 알아볼 만큼 별로 변한 게 없었다. 강산이 두 번 하고도 반이 넘게 변한 세월, 길다면 긴 세월일 텐데 우린 만나자마자 그 세월들을 훌쩍 건너뛴 듯했다. 마치 빨리 올 수 있는 길을 조금 돌아서 온, 그만큼의 간격이랄까?

내 친구는 오랜만에 만난 나에게 담양의 소쇄원과 주변 정자들을 구경시켜 주겠노라고 했다. 아마도 문학하는 친구를 위한 배려일 것이다. 우리는 담양으로 가는 도중 차안에서 간단하게 그동안의 부모 형제, 배우자와 자녀들의 안부를 확인했다. 열대여섯 살 때까지 보고 그 후로는 각자 다른 삶을 살아왔지만 그래도 사람은 여전했고, 잘 지내고 있었음에 서로 감사했다.

비가 보슬보슬 내리고 있는 시골의 정취는 한가로워 보였다. 금방 모내기를 마친 들판에는 싱그러움이 파릇파릇 고개 내밀고 내 기억 속에도 볏잎처럼 추억이 쏘옥쏘옥 패어나고 있었다.

소쇄원(瀟灑園)으로 올라가는 길목 왼쪽에는 대나무가 위세도 당당하게 하늘을 향해 치솟아 있었다. 벼슬을 마다한 고고한 선비의 기상을 닮은 대나무, 그 푸르기 또한 선비정신을 대변하기에 안성맞춤이었다. 선비의 처소답게 고즈넉한 고요가 깃든 소쇄원, 그 둘레를 둘러싼 숲과, 우산을 써도 그만 쓰지 않아도 그만인 아주 작은 입자의 비가 내리는 그날의 일기가 꽤 운치를 더해 주었다. 우산 하나로 나란히 걷는 친구는 우산을 연신 내 쪽으로 기울여 씌워 주었다. 그럴 때마다 나는 우산대를 바로 세운다. 긴 세월을 일시에 좁혀 주는 데에 비와 우산이 큰 몫을 해주는 것 같았다.

내 친구는 소쇄원에 대한 유례와 역사적, 건축학적 의미, 작은 연못과 개울물에 대한 이야기 등등 제법 자세한 설명을 미리 준비해온 듯했다. 그 정성이 무척 고마웠다. 산들 바람이 스치고 지나갈 때마다 산사나무꽃 무더기가 하얗게 일렁거린다. 이따금 치자 꽃향기가 은은하게 묻어온다.

소쇄원은 벼슬이나 당파싸움 등에 야합하지 않고 안빈낙도하며 자연과 너불어 산속 깊숙한 곳에서 유유자적한 생활을 즐기려고 조광조의 제자 소쇄 양산보(梁山甫)가 만들어 놓은 정원으로서 우리나라 곳곳에 있는 별서정원(別墅庭園) 중에 하나다. 건전한 비판은 찾아보기 힘들고 대안 없는 비난과 비방만이 난무하는 요즘의 정치상황에 지친 민초들이 쉬어가기에 좋을 듯하다.

햇볕이 잘 드는 언덕에 위치한 제월당(霽月堂)은 주인이 기거하는 곳으로서 현판은 우암 송시열(宋時烈)이 직접 쓴 것이다. 특히 '월(月)'자는 힘이 실린 필체로 유연하고 힘찬 기상이 깃들어 있었는데 이는 주변의 바위와 나무와 꽃들과 절묘한 조화를 이루고 있었다.

제월당 아래에는 광풍각(光風閣)이 있다. '제월'과 '광풍'은 송나라 황정견이 유학자 주돈이의 사람됨을 평해 '흉회쇄락여광풍제월(胸懷灑落如光風霽月)'이라고 한데서 유래한 것이라고 한다. '가슴 속에 품은 뜻이 맑고 깨끗해 마치 비온 뒤의 햇빛과 청량한 바람 불어 맑은 날 밝게 비추는 달빛'에 스승 조광조의 인물됨을 비유해 지은 건물 이름이라는 것이다.

광풍각은 계곡 위로 축대를 여러 겹 쌓아 지었다. 물소리를 제대로 들으려고 축대 높이까지 조절한 것이라 하니 마루에서 들리는 조그만 소리도 예사롭게 넘길 수 없었다. 광풍각 마루에 앉아 친구의 설명을 듣고 있자니 내가 마치 고고한 선비가 되어 광풍각에 앉아 있는 듯한 느낌이 들 정도였다. 한동안 설명을 하던 친구가 가만히 상상을 해보자고 한다.

"자, 만약 이 광풍각 뒤에 있는 아궁이 불을 지핀다면 앞쪽의 굴뚝에서는 하얀 연기가 피어오르겠지? 그 자욱한 연기를 아래에 두고 여기 앉아 있다고 상상해봐. 저 아래는 계곡물이 흐르고 그 가운데 연기가 구름처럼 흐르고, 그 구름 위의 이 광풍각에 우리가 앉아 있는 풍경, 어때? 근사하지?"

짧게 스친 상상이지만 그 여운은 지금도 기억 속에서 지워지지 않는다.

지금은 물이 적어 비가 많이 내린 뒤에야 제대로 물소리를 들을 수 있지만, 옛사람들은 소쇄원을 '소리의 정원'이라고 표현했다. 새소리, 물소리, 대나무 바람소리, 은은한 사찰의 종소리 등 심지어 빗방울이 풀잎에 부딪는 온갖 청각적 요소까지 배려했었나보다. 이곳을 찾았던 많은 문객들은 자연의 소리에 감응하여 그것을 시문으로 승화시켰을 것이다.

그것을 증명하듯, 소쇄원 근처에는 유서 깊은 정자들이 몇 있다. 환벽당은 사촌(沙村) 김윤제가 기거했던 곳으로 뒷산에 지은 정원이다. 김윤제는 아름다운 산수 속에서 한가로운 생활을 즐기며 후진양성에 힘썼는데 그 대표적인 인물이 바로 정철이다. 그 근처에는 사미인곡으로 유명한 송강 정철이 기거했던 송강정도 있다. 그리고 무엇보다 빼놓을 수 없는 식영정이 있다. 식영정은 정철의 '성산별곡'이 태어난 무대가 되는 곳이다. '그림자가 쉬고 있는 정자', 좀 더 의역하자면 '그림자를 거두고 신선이 된다.'는 속뜻이 숨어있는 식영정은 그 이름에서부터 서정적이며 호방한 경지를 감지할 수 있었다.

좋은 경치와 훌륭한 주인을 찾아온 수많은 문객과 학자들의 손길이 여기저기 묻어 있음을 식영정 위에 걸려 있는 편액들을 통해 알 수 있었다. 그러나 이곳을 가장 유명하게 한 것은 송강의 '성산별곡'이다. 성산별곡은 계절에 따라 신비롭게 변화하는 이곳 성산 주변의 빼어난 산수와 그 속에서 유유자적했던 식영정의 주인, 서하당 김성원의 인품과 풍류를 그리고 있다. 그들은 나그네의 도끼자루를 썩게 한 중국 호구산 이선대(二仙臺)의 두 신선이 부럽지 않았으리라. 눈앞에 펼쳐진 광주호의 아름다운 물길을 보고 있노라니 그러고도 남음이 있음이라 여겨진다.

내리고 그치기를 반복하는 이슬비 속에서 내려다보는 광주호와 수면에 닿을락 말락 하게 아래로 길게 휘어 늘어진, 기생의 머리칼 같은 수양버들이 한눈에 들어온다. 이렇게 탁 트인 시야를 경험해본 것이 얼마만인가. 나는 넓고 충만하고 비옥한 이곳에서 이곳을 거치고 간 옛 선비들의 호연지기를 닮기 위해 속말을 해본다.

'이들을 닮아 큰 세상 큰마음으로 살다 가고 싶습니다. 작은 이익에 평심을 잃지 않게 하소서. 욕망을 스스로 조절할 줄 알며 탐욕과 치졸함을 버릴 줄 알고 나를 엄하게 바라볼 줄 알게 하소서.

사람은 언제나 바로 서고자 노력하지만 때로는 흔들리기도 하고 때로는 주상절리 위에 홀로 서 있는 기분이 들기도 한다. 그럴 때마다 나를 호되게 꾸짖어 바로잡아 주는 것이 바로 의로움과 진실됨이다.

푸르고 고고한 옛 선비들의 후광을 뒤로하고 앞으로는 대자연을 대하고 있자니 나는 너무나 작은 한 포기 풀이고 한낱 돌멩이로구나. 내가 풀이라면 돌멩이에게 햇빛을 가로막는 존재가 되지 않을 것이고 내가 돌멩이라면 여린 풀이파리를 상하게 하지 않으리라. 작고 볼품은 없지만 상생의 방법을 찾으며 자연의 한 일부로서 주변과 어울리며 머리는 언제나 하늘을 향해 두고 살리

라. 부끄럽게 살진 않으리라.

　강기슭에 한 강태공이 우중낚시를 하고 있다. 낚싯대가 달랑 하나인 것을 보니 멋을 아는 조사(釣士)인 듯하다. 던져놓은 작은 찌가 물 위로는 바람에 흔들리고 물 아래로는 물결에 흔들린다. 물고기가 지나가다 건드리면 마구 흔들리겠지. 낚시에 있어서 찌의 소임은 저렇듯 중심을 잡고 있다가 물고기가 바늘에 걸리면 재빨리 강태공에게 신호를 보내 결정적인 순간을 놓치지 않게 하는 것이다. 강태공은 졸더라도 찌는 깨어 있어야 한다. 그러기 위해서 찌는 강물과 하늘의 경계에서 우주의 중심을 잡기 위해 온 정신을 집중시키고 있다.

　기왕 담양까지 왔으니 근처의 가사문학관 등 몇 곳을 더 돌아보고 친구들이 기다리는 저녁식사 장소로 발길을 돌렸다. 이슬비는 제법 바지 끝을 적실 정도가 되었다. 이따금 불어오는 바람에 묻어오는 흙냄새와 소나무 향이 고혹적이다. 그 바람에 하얗게 날리는 산사나무 꽃 작은 이파리들이 우리가 걷는 오솔길 위로 분분히 내려앉고 있었다.

말

　말, 말, 말에는 여러 가지 말이 있다. 덕담, 악담, 험담, 진담, 농담, 거짓말, 조언, 묵언, 침묵….

　내가 한 말이 누군가에게 용기와 희망을 주기도 하며, 간혹 본의 아니게 실의를 안겨주기도 한다. 비방이나 실언으로 씻을 수 없는 상처를 긋기도 하는 것이 말이다. "말이 당신의 입 안에서 돌고 있을 때 그 말은 당신의 노예이지만, 일단 밖으로 튀어나왔을 때에는 당신의 주인이 된다." 이것은 탈무드에 나오는 경구인데 말의 신중성을 경고하는 말이다. 무심코 뱉은 말이 날카로운 상처가 되어서 한 사람에게 죽을 때까지 잊지 못할 말이 되어서는 안 되겠다.

　말을 많이 하기보다는 적게 말하기를 익히고 나쁜 말보다는 좋은 말을 입에 담도록 노력하는 지혜가 필요하리라.

모로코 속담에 "말이 입힌 상처는 칼이 입힌 상처보다 깊다"라는 말이 있다. 자신도 모르는 사이에 당신의 잔인한 말 한마디가 남의 가슴에 비수가 되지 않아야 한다.

사람들은 자신을 인정해 주는 사람들을 실망시키지 않기 위해 노력한다. 그 사람들이 보내주는 신뢰를 져버리지 않아야 한다는 결심을 갖고 일을 하다보면 무슨 일이든 긍정적인 결과를 낳을 것이고 또 다시 좋은 평판으로 이어지게 된다.

만약 자신의 평가를 폄하하거나 비난을 일삼는 사람이 있다고 치자. 처음에는 노력을 해 보겠지만 그 사람의 반응이 늘 그렇다면 나중에는 그 사람의 평가는 무시하게 되고 호평 따위는 결국 포기하기에 이르게 된다.

한 사람의 단점을 고치기 위해서 습관적으로 단점을 꼬집거나 막무가내로 고치라고 할 것이 아니라, 먼저 좋은 점을 말하고 그 사람이 자존심 상하지 않을 만큼 "넌 이 점만 주의하면 더 멋진 친구가 될 거야"라는 식으로 말을 하면 좋겠다는 생각을 해 본다. 나그네의 외투를 벗게 하는 것은 바람이 아니라 햇빛이었다는 것을 염두에 두면서.

언젠가 이런 일이 있었다. 평소 알고 지내는 지인 A씨로부터 나와 가깝게 지내는 후배의 험담을 들은 적이 있다. 나는 험담의 내용이 사실과 맞지 않다는 것을 알고 있기에 이런 말을 덧붙였다.

"그 애에게 그럴만한 사정이 있었을 거예요. 그 애를 믿어보자구요." 그랬더니 그분은 "사람 너무 믿는 거 아니야?" 하고 반문했다.

"그럴 수도 있겠지만 본인이 없는 데서 이런 말 나면 저라도 서운할 것 같아요. 만약 누군가가 A씨에 대해서 오해할 말을 한다면 그때도 이렇게 말할 거예요."

A씨는 나를 믿고 한 말이니 마음에 담아주지 말라고 당부했다.

A씨에 대해 오해를 할 일도 아니다. 세상에는 늘 바른대로 알려지는 것만은 아니라는 것을 잘 알고 있으니 말이다.

말이라는 게 참 우습다. 입 하나 건널 때마다 불어난다. 수많은 오해와 오도 속에 살면서 우리는 한마디의 말에 웃고 우는 경우가 허다하다. 우리는 말을 하지 않고 살 수 없다. 기왕 뱉는 말, 될 수 있으면 내 입에서 나간 말이 다른 사람에게 용기와 희망이 되도록 마음 쓰며 살고 싶다.

행복한 남자

"어서 오세요"

난생 처음 보는 남편의 어릴 적 여자 친구인 나에게 그녀는 서글서글 사람 좋아보이는 미소로 인사를 건넨다.

"안녕하세요. 이렇게 반겨 주시니 고맙습니다. 오랜만에 보는 J가 여유롭고 편안한 모습이더니 부인을 뵈니 그 이유를 알겠네요."

"서서 이러실 게 아니라 미리 자리를 마련해 두었으니 앉아서 말씀 나누세요."

사람을 배려하고자 하는 편안한 인상이다.

J는 자신이 운영하는 음식점에 우리를 초대했다. 넓은 중앙 홀에 방이 여러 개 딸린 음식점은 보기에도 규모가 제법 컸다. 음식

사람꽃 인연꽃

맛 또한 담백하고 깔끔하고 토속적이어서 요즘 웰빙, 웰빙하는 세간의 관심을 끌기에 충분했다. 나는 오랜만에 고향에 내려와서 내가 좋아하는 음식을 맛있게 먹었다.

저녁 식사를 하는 동안 우리는 유년의 기억을 좇으며 시간 가는 줄 몰랐다. 지금 생각하면 아무것도 아닌 싱겁고 사소한 사건이었지만 그때는 꽤나 진지하고 심각한 일들이 있었다. 그리고 장난기 많았던 J의 유년은 거의 무용담에 가까울 만큼 재미있는 일들이 많았다.

J의 부인은 남편의 개구쟁이 시절 이야기를 처음 듣는다면서 연신 미소 띤 얼굴로 즐거워했다. J는 그의 아내나 주변 사람들에게 점잖고 무척 과묵한 사람으로 정평이 나 있다. 그런 남편의 유난스러웠던 과거사를 듣는 기회는 흔하지 않았던 모양이다. 특히 늦게 결혼한 그들 부부에게는 이제 다섯 살 된 아들이 하나 있다고 하니 다른 친구들에 비하면 아직 신혼인 셈이다. 친구들 앞으로 음식을 먹기 좋도록 챙겨주는 손길에 따뜻함이 배어 있다. 말을 하는 것과 듣는 태도에서 조신하게 처신하려는 그녀의 조심성이 순수하게 다가온다. 남편 친구들을 대하는 그녀의 태도로 보아 행복한 여인임이 틀림없으리라.

오랜만에 친구들을 만난 일이 오래 기억에 남겠지만, J의 부인에 대한 기억이 더욱 선명한 것은 아마도 요즘 보기 드문 조용하고 사분사분한 그녀의 이미지 때문이다.

그래서인지 J는 마음에 근심 걱정이 없는 부드러운 얼굴로 보기 좋게 나이 들어가고 있었다. 흐르는 물처럼 순응하고 살아가는 자의 낙천, 살아가면서 그리 못 보아 줄 일도 없을 것 같은 너그러움이 얼굴 가득 담겨 있었는데, 그것은 만족스럽고 안정된 가정생활과 탄탄한 부부의 사랑이 깔려 있어서일 것이다.

긴 저녁식사를 마치고 J의 부인의 배웅을 받으며 우리 세 명은 근처의 맥주집으로 자리를 옮겨 J와 부인에 대해 많은 덕담을 나누었다.

나는 문득 가장 행복한 남자란 과연 어떤 남자일까 생각해 보았다. 자기를 믿어 주며, 지금의 모습은 물론 자신의 과거와 미래까지 인정해 주는 여자와 사는 남자일 거라고 생각했다. 여자도 마찬가지다. 그런 배우자와 평생을 사랑하며 살아가는 사람이 어찌 행복하지 않겠는가.

내 아이

일요일 오후에 아홉 살짜리 둘째 아이의 친구 아이가 놀러왔다. 우리 아이가 그때까지 하고 있었던 종이 오리기에 그 친구는 오자마자 아무 어색함 없이 죽이 척척 맞게 색종이를 오리고 접고 붙이며 잘 어울려 논다. 아이들이기에 가능하고 사심 없기에 가능한 일이다.

아이들에게 간식을 내어 주고 방에서 책을 읽고 있는데 아이들 이야기 소리가 들린다.

"어제 저녁에 우리 가족이 밖에서 저녁을 먹었는데, 우리 엄마가 나에게 글쎄 어린이용 메뉴를 시켜주시는 거야. 만화 그림 있는 그릇에 젓가락 대신 포크 주고 막대사탕과 야쿠르트도 주는 거야.”

“우와, 맛있었겠다-”

뭐를 먹었는지 묻지도 않고 아이의 친구는 부러움을 표시한다.

“맛은 있었지만 어찌나 창피하던지, 얼굴을 들 수가 없었어. 내가 무슨 어린이냐? 그런 데다 음식을 주게?”

아니, 어젠 식구들 앞에서 귀여운 그릇에 아기자기하게 차린 음식에 무척이나 좋아하던 아이가 친구 앞이라고 이렇게 말을 바꾸나.

근데 이 말에 아이의 친구도 즉각 수긍을 한다.

“하긴, 우리 엄마도 나를 자꾸만 애 취급을 한다니까. 우리 이젠 어린애 아니지? 우리도 이젠 어른이지?”

아니, 이제 초등학교 2학년인데 당연 애들이지, 저희들이 다 큰 것처럼 말하는 두 아이의 대화가 귀엽고 재미있다.

우리 아이의 그 다음 말은 더 우습다.

“그렇다고 우리가 어른은 아니고 우린 이제 청소년이야. 어린이와 어른의 중간 청소년이라구.”

아이의 친구는 청소년이라는 말에 한동안 생각을 하더니,

“맞아, 우린 청소년이야. 그래서 내가 연예인을 좋아하는 거야.”

그 이야기를 하는 동안 티브이에는 어린이 만화 ‘짱구’가 방송

되고 있었고 자칭 청소년이라고 주장하는 아이들은 귀엽고 앙증맞은 종이 오리기 놀이를 계속하고 있었다.

아이들은 가족 앞에서와 친구들 앞에서 각각 다르게 처신하는 것 같다. 집에서는 마냥 재롱둥이 아이지만 나가서 친구들 앞에서는 씩씩하고 제법 용기 있는 아이로 지내고 있는 것이다.

어디에서 이런 글을 읽은 적이 있다. 부모는 자기 자녀의 원래 나이보다 두세 살 어리게 생각하는 경향이 있고 자녀는 자기 나이보다 두세 살 더 많다고 여기는 경향이 있다는 내용이다. 이 말에는 부모가 자식을 너무 어리게만 보고 늘 노심초사하는 경향이 많다는 것이다. 자녀의 경우는 반대이다. 정서적으로 그 차이는 네다섯 살이나 된다. 그러니 자녀 입장에서 부모가 하는 말은 잔소리라고 생각되기 쉽고, 부모 입장에서 자녀는 늘 물가에 앉아 있는 어린애로만 생각되는 것이다.

우리나라 부모님은 자식들에 대해 지나친 애정과 간섭을 나타낸다. 아이들이 부모의 소유물이 아니라 어엿한 한 인격체로 바라봐줘야 한다고 생각한다. 아주 사소한 것부터 부모가 다 챙겨주면 아이들이 뭔가 판단하고 선택해야할 때 스스로 아무것도 결정하지 못할 수도 있다. 스스로 생각하고 스스로 판단하고 스스로 선택해보는 훈련이 어려서부터 필요하다. 우리 아이들은 부모가 생각하는 것보다 훨씬 지혜롭고 어른스럽다는 것을 알았으면 좋겠다.

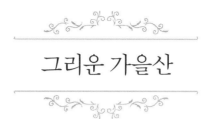

그리운 가을산

산에 가기 참 좋은 계절이다. 산에 가는 계절이 정해져 있는 것은 아니지만 가을에는 산이 사람을 부르든, 사람이 산을 부르든, 평소에 아무리 산과 인연이 없는 사람일지라도 한번쯤 산에 오르고 싶은 욕구를 불러일으킨다.

가을산이 매력적인 것은 온 힘을 다해 붙들어 놓은 단풍잎, 은행잎 등 다채로운 색채의 향연 때문이다.

몇 년 전, 이 맘 때쯤인가 보다. 원주 치악산을 오르고 있는데 여우비가 내렸다. 맑게 개인 하늘에서 오락가락 내리는 여우비를 점퍼에 딸린 후드로 가리고 치악산 구룡사까지 올라갔던 일이 생각난다. 오르는 길에 만난 단풍잎이 떨어져 붉은 길을 걸으며 천년 전에도 이 길에 사람들이 오고 갔겠구나 하는 생각을 했었다.

천년의 사찰이 있다면 천년의 길도 있고 천년의 발걸음도 있는 것이다.

구룡사가 신라 때 세워진 사찰이라는 데서 오는 묘한 수직적 시대감, 의상대사의 발걸음을 지켜봤을 바위의 이끼류들이 나의 발걸음도 지켜보고 있다는 생각에 이르자 그날의 산행이 무척 특별했다.

오랜 세월의 온갖 굴곡을 지켜봤을 소나무와 물푸레나무들과 일일이 아는 체를 하고픈, 가볍게 부푼 기분이 상쾌하기 그지없었다.

산에 오르는 길에 나는 나의 모든 폐활량을 열어 가슴 가득 솔향기와 흙내음을 담았다. 마음의 귀를 열고 계곡물 흐르는 소리와 바람의 속삭임도 담았다. 마른 낙엽 위를 토닥거리는 빗방울 소리와 그 낙엽을 밟고 걷는 발자국 소리는 마치 내 뒤를 따라오는 고운 님의 발자국 소리처럼 들렸다. 내 귓불에 닿을까 말까 이야기 나누는 것 같은 빗소리…

산을 내려올 때는 이미 비는 그치고 산에 오르기 전처럼 말끔하게 개인 하늘이 파랗고 높았다.

여느 가을처럼 단풍은 곱게 물들고 여느 가을처럼 나는 가을 정취를 만나러 가을 산에 가고 싶다. 짧은 가을이 다 가기 전에 이번 주말에는 가까운 산에라도 가야겠다. 내 기억 속에서 지금도 생생히 살아 호흡하는 가을 산의 정취가 못내 그리워, 나는 가을 산의 단풍과 오랜만의 해후를 준비한다.

마음먹다 십 년, 준비하다 십 년, 기다리다 십 년

사람들은 누구나 크고 작은 꿈이 있다. 제각기 그 꿈을 가슴에 간직하고 살아간다. 꿈이란 아이들이나 청소년에게만 국한된 단어가 아니다. 나이에 상관없이 꿈을 꾸는 것은 누구에게나 자유이며 충분한 가치가 있다. 사람들은 꿈을 따라잡기 위해 맹렬히 돌진하지만 대부분의 사람들은 '여건이 되면 내 소중한 꿈을 꼭 이루어야지' '언젠가 기회가 오겠지' 하며 십 수년 내지는 수십 년을 보내고 만다.

그동안 지나온 삶을 돌이켜 생각해보자. 얼마나 많은 것들을 놓치고 살았는지. 경제적인 문제 때문에, 시간적인 문제 때문에, 가족들과의 얽히고설킨 사정들 때문에 우리는 필요 이상으로 삶을 위축시키며 살지 않았는지 이쯤에서 점검해 보고 이제는 자신의 마음의 소리에 귀 기울이고, 이루고 싶은 꿈에 도전해 볼 일이다. 물론 조급한 마음으로 일을 그르치라는 것은 아니다. 허황된 마음으로 막무가내식으로 저지르고 보라는 것도 아니다.

준비만 하다 허송세월하기에는 인생이 길지 않다. 우리 주위에 그러다 세월을 다 보내고 '왕년에 나는 어떤 일의 지망생이었지, 나에게 어떤 기회만 있었어도…'라는 회고를 하는 사람들을 본다.

또는 무슨 일을 추진하기에 앞서 '여유가 좀 된다면'이라는 가정을 한다. 그 여유란 것은 몇 년 전이나 지금이나 별반 다를 게 없이 늘 부족하고 심지어는 자신하고는 상관없는 말인 것만 같은데, 그렇다고 몇 년 후에는 갑자기 여유가 생긴다고 보장할 수 있는지, 그것은 알 수 없다.

여유란 생기는 것이라기보다는 만드는 것이 아닐까. 없는 여유를 기다리는 대신 어떻게 하면 여유를 만들 것인지를 생각하는 것이 자신의 꿈을 이루는 데는 더 중요한 열쇠가 된다.

일을 추진하는 데에는 용기가 필요하다. 먼저 자신이 하고자 하는 일에 대한 자신의 믿음이 우선되어야 한다.

사신도 못 믿은 그 누구도 믿어주지 않는다.

그리고 큰 계획부터 세워 나가되 생각만으로 그쳐서는 무엇 하나 진행되는 일은 없다. 이렇다 할 계획이 서면 실행을 해야 한다. 구슬이 서 말이라도 꿰어야 보배라는 말이 있듯이 실천하지 않는 계획은 공허하다. 그리고 세부적인 사항들을 면밀히 살펴야 한다. 대충대충 잘 되겠지라는 생각으로 하는 일이 잘 되는 걸 못 봤다. 운이나 요행에 맡길 생각이었다면 처음부터 포기하는 게 낫다. 땀 흘려 거둔 수확이 아니라면 진정 내 것이 될 수 없고 설사 뜻하지 않게 그런 행운을 만난다 해도 보람도 없고 오래 가지 못한다.

언젠가 TV에서 육순이 다 된 초로의 여성이 가수의 꿈을 버리지 않고 있다가 결국 가수로 데뷔한 사연을 봤다. 비록 얼굴은 그 나이를 충분히 반영하듯 세월의 흔적이 고스란히 남아 있었지만 표정에 넘쳐나는 행복으로 봐서는 소녀의 설렘보다 더 사랑스러웠다.

꿈을 이룬다는 것은 그런 거다. 자신이 이 세상에 살아 있음을 스스로 증명하는 것이다. 그처럼 에너지 넘치고 살맛 나는 일은 없을 것이다.

어느 화가는 자신의 개인전을 하는 것이 꿈이었다. 미흡하기는 하지만 용감하게 추진해나갔다. 전시 기간 내내 그는 자신이 세상에서 최고인 것 같은 느낌이었다고 말했다. 아마도 그에게 그 전시장은, 전시 기간 동안만큼은 우주의 중심이었지 않았을까. 그 이후로 그림 그리는 일에 더 자신감도 생기고 앞으로 자신의 작품 세계의 색깔을 갖추는 중심점을 찾기도 하였다는 그는 다음 해에 두 번째 개인전을 갖고 왕성한 작품 활동을 떨치고 있다.

나의 지인 중에 한 사람은 말버릇처럼 여행을 꿈꾸었다. '이번 가을에는 반드시 어디를 가야지' 늘 꿈을 꾸지만 그는 번번이 계절을 맥없이 보내고 만다. 그가 여행을 갈 수 있는 기회를 잡을 때까지 가을이 기다려 주지는 않는다. 시간을 탓하며 오늘도 내일도 여행을 꿈만 꾼다.

우리말에 '여한'이라는 말이 있다. 하고 싶은 것을 이루지 못해 그것이 한으로 남음을 말한다. 나이 들어갈수록 사람들은 참는

데에 일가견이 있다. 인내만 하다 도대체 언제 행동에 옮길 것인지 사신을 위해서는 왜 그리 인색한지, 그 나이면 한국 평균 수명으로 볼 때 지금까지 살아온 만큼이나 그보다 훨씬 적게 생이 남았을 뿐이다. 더 망설이고 준비만 하기에는 시간이 마냥 기다려주지 않는다.

나도 몇 해 동안 글을 써 왔지만 내 이름 하나 걸고 내 시집을 내고 싶은 소원을 간직하고 살았다. '다음 해에는 꼭 시집을 내야지' 하기를 반복하며 몇 해가 지났다. 그러다 몇 달 전에 드디어 시집을 냈는데, 작품이니 독자의 반응이니 이런 것들과는 무관하게 뿌듯했다.

그렇다고 온통 뿌듯한 마음만은 아니다. 마치 해산을 마친 산모처럼 기쁨만큼의 허탈한 마음도 컸다. 그래서 한동안 나는 우울하기도 했지만 하고 싶은 것을 하는 기쁨에 비할 바는 아니다. 마치 무형의 것을 유형의 것으로 만들어 놓은 것 같은 감동, 나는 그것을 '존재의 아름다움'이라고 표현한다. 나는 서랍 속에 잠재워둔 글들에게 세상 햇빛을 보게 했지 않은가. 보이는 것과 보이지 않는 것의 설득력의 차이는 매우 크다. 어쨌든 내 꿈을 향해 시작의 발걸음은 내딛은 것이다. 나는 앞으로도 꿈을 향해 앞으로 나아가리라.

　무슨 일의 시작을 앞두고 너무 심사숙고한 나머지 기회를 습관
처럼 놓치고 사는 사람들에게 말하고 싶다. 마음만 먹다 십 년,
준비만 하다 십 년, 기회만 보다 십 년, 그러기엔 인생은 그리 길
지 않다고.

　Time doesn't wait for anyone.
　시간은 기다려 주지 않는다.

　"당신은 하고 싶은 일에 대해 기회를 재면서 세월만 보내고 계
시지 않습니까? 하고 싶은 일을 하다 보면 실패도 있을 수 있습니
다. 하지만 실패가 두려워 아무것도 하지 않는다면 아무런 변화
도 일어나지 않습니다. 시간은 그 누구도, 그 무엇도 기다려주지
않는답니다."

　　　　　　　　　　　　　　　　* 이 글은 2004년도에 쓴 글 같다.
대부분 글이 아주 오래된 것은 지금의 생각과 맞지 않아
삭제되기도 하지만 이 글은 지금 읽어봐도 생각이 같다.

3부

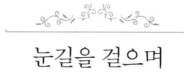

눈길을 걸으며

　온통 눈꽃이 핀 들풀과 잡목들, 앙상한 갈대는 눈꽃을 피운 채로 바람에 몸을 맡기고 있다. 자신의 무게를 완전히 버리고 사는 갈대와 경직된 사람들의 사고가 대조된다. 세상 바람에 거스르며 완강하게 버티는 나의 욕심과 고집에서 딱딱한 생각 부스러기들이 깨어져 나오는 듯하다.

　눈을 뭉쳐 강을 향해 던져 본다. 강물에 닿지 못한 눈뭉치가 바닥에 떨어져 부서진다. 마치 달리고 달려도 가 닿지 못하는 어느 자리 같다.

　강 건너 집들이 아스라한 실루엣만 남기고 있는, 아직 불빛을 밝히지 않은 늦은 오후. 하루 종일 내릴 작정인지 늦은 오후에도 눈은 그칠 줄 모른다. 그래, 오랜만에 내리는 눈인데 마음껏 내리고 마음껏 하얗게 덮어보렴.

　한 번쯤은 온 세상이 이런 날도 있어야지. 미움과 분노, 시기와 추악한 모든 것들을 잠재우고 가끔은 덮어두고 하얗게 순해지면 좋겠지. 세상도 그렇게 정화하고 싶은 거지. 어쩌다 한 번씩이라도.

　강이 바로 내려다보이는 야트막한 들길에 아직 아무의 발길도 닿지 않은 순백의 길이 나 있다. 눈이 소복이 쌓인 작은 길을 오르면 그 안에는 속세와는 단절된 다른 세상이 있을 것만 같다.

　세상은 어디에나 통하고 있나보다. 너울너울 춤추며 내리는 눈을 맞으며 작은 오솔길을 걸으니 그 안에도 세상은 엄연히 존재하고 있다. 어디선가 소나무 잔가지를 태우는 메케하고 알싸한 연기 냄새가 난다. 두어 채의 인가에서 피어나는 연기를 나의 모든 후각을 열고 맡아본다.

　그러고 보니 저녁 지을 시간이다. 강아지 발자국 하나, 그 흔한 구멍가게 하나 없이 조용한 이곳에도 사람이 살고 있고 때가 되면 밥을 짓는다.

연기 피어오르는 집 안에서 저녁상을 사이에 두고 마주 앉아 있을 가족들의 행복이 참으로 정겹게 느껴진다. 추워서 더욱 가까이 옹기종기 둘러앉아 있을 가족들…

집으로 돌아오는 길은 쌓인 눈과 꽁꽁 언 길 때문에 그리 수월 하지 않았지만 마음은 깊은 곳으로부터 하얀 충만함이 가득하다. 인적 없는 한적한 곳이 그립다가도 그 한적한 곳에서 만나는 사람 사는 모습은 반갑기 그지없다.

세상에 흐름에 밀려 한동안 마음이 자꾸만 작아지고 흐릿해졌는데 오늘처럼 온통 하얀 세상을 마주하고 나서 맑아지는 나를 느낀다.

이야기보따리

열 살쯤의 겨울 방학이었나 보다. 하염없이 이어지는 판순이 언니의 이야기보따리로 겨울밤이 너무나 흥미진진하고 긴장되었던 때가 있었다.

지금이야 놀이공원이다, 스키장이다, 무슨 페스티벌이다, 친구들과 커뮤니케이션할 수 있는 전화나 컴퓨터, 스마트폰 등이 있지만 우리 어렸을 때의 겨울 방학은 처음 며칠을 제외하고는 심심하고 따분한 날이 많았다.

이따금 눈밭을 구르거나 비료 포대를 이용해 눈썰매를 타는 날도 있었지만 집 안에서 할 수 있는 것은 만화가게에서 만화책을 빌려다 읽거나 종이로 만든 인형 옷 입히기 정도였다.

방학 숙제는 방학 끝 무렵에 몰아서 하면 되었다. 그때의 학원이라는 게 고작 주산 학원이나 아주 극소수의 아이들이 다니는 피아노 학원이 거의 전부였다. 그나마 서울이나 대도시에 친척을 두고 있는 아이는 그나마 가장 폼 나는 방학을 보내는 편이었다. 더욱이 서울이라도 다녀온 아이들은 그 짧은 기간 동안의 서울 나들이를 하고도 돌아와서는 부쩍 하얘진 얼굴로 어설픈 서울말을 하곤 했는데, 그애들의 간사함에 빈정이 상하기도 하고 속으로는 은근히 부럽기도 했다.

나의 겨울 방학은 어느 아이들보다도 길고 지루했다. 하지만 어느 해 겨울방학은 판순이 언니가 있어서 지루하기는커녕 세월 가는 줄 모르고 재미있었다.

단발머리가 유난히 네모반듯하던 언니의 얼굴 때문에 판순이라는 이름이 참 잘 어울린다고 생각했다.

깊어가는 겨울밤 그 긴 밤, 판순이 언니의 유창한 옛날이야기 실력은 우리 자매들을 숨도 못 쉬게 긴장으로 몰아넣기에 충분했다.

엄마가 여러 날 병환으로 거동이 불편했던 그해 겨울, 판순이 언니는 우리 집에 살림을 도와주러 온 언니였다. 판순이 언니는 마음씨도 곱고 정이 무척 많았다. 그리고 무엇보다 아이들 마음을 잘 헤아려 주었는데 지금 생각해 보니 그것은 판순 언니 자신이 늘 아이 같은 마음을 소유하고 있었기 때문인 것 같다.

그해 겨울 내내 판순이 언니에게 들은 옛날이야기와 귀신 이야기는 누구나 아는 주인공에 누구나 아는 뻔한 이야기인데도 그때의 우리 자매들은 이야기에 완전히 매료되었다.

달걀귀신, 다리 없는 귀신, 밤새 도깨비와 싸운 줄 알았는데 아침에 보니 빗자루더라 하는 이야기, 어느 고개에는 육이오 전쟁 때 죽은 시신이 지금도 땅 속에 널려있다, 뒤에서 누가 이름을 부르면 세 번 부를 때까지 대답하면 안 된다, 화장실에선 칼을 입에 물고 거울을 보면 절대 안 된다 등등.

세상에나 누가 화장실에서 거울을 본다고! 지금처럼 수세식 화장실도 아닌 데서, 그것도 입에 칼을 물고!

그래도 그때는 우린 진지하게 속으로 다짐까지 했다. 화장실에 갈 때는 절대 칼을 가지고 가지 말 것과 화장실에서는 절대 거울을 안 보겠다고. 그리고 뱀을 만나면 손가락질하지 말아라, 그러면 그 손가락이 서서히 썩게 된다….

판순이 언니의 이야기는 거의가 본인이 직접 겪은 이야기처럼 생생하게 묘사하는 것이 특징이었다.

자기가 비 오는 저녁에 길을 가고 있었는데, 누가 뒤를 졸졸 따라오더란다. 뒤돌아보면 안 보이고 걸으면 따라오고, 나중에 마을 어른들에게 들었는데, 그 근처에서 누가 죽었디더라, 아마도 그 혼령이 너무 갑자기 죽어서 한이 많았던 것 같다, 자기는 지금도 그 생각만 하면 머리가 쭈뼛거린다나.

빗방울 떨어지는 소리였을 텐데도 우린 비만 오면 그 이야기가 기억나서 그 길을 지날 때는 자꾸 자꾸 뒤돌아보곤 했다. 간혹 빗방울이 비닐에 떨어지는 소리를 들으면 꽤 커서도 소름 돋은 적도 있었다.

지금껏 많은 사람들에게 이야기를 듣고 많은 이야기를 하고 지내지만 판순이 언니처럼 이야기를 맛깔스럽게 하는 사람을 만나지 못했다.

겨울밤 오락거리로 구수한 이야기 듣기가 거의 유일한 것이기도 했겠지만 강산이 몇 번 바뀌는 동안에도 잊혀지지 않고 생생한 걸 보니 판순 언니의 이야기 실력은 참으로 대단한 것임에 틀림없다.

어둠과 적요가 두껍게 내려앉은 깊고 깊은 겨울밤, 들어도 들어도 질리지 않는 스토리와 흥미로 나를 완전히 사로잡는 이야기

는 없는 것인지, 이것저것 잡스런 이야기가 많은 세상에 아랫목
에 오순도순 발 모아 앉아서 듣는 구수한 옛이야기가 그립다.

겨울밤 고독과 대면하기

겨울비 내리는 저녁, 이런 날이면 따뜻한 커피 한 잔 사들고 찾아와 주는 친구가 그립다. 커피를 좋아하는 나의 습관을 알아 주고 맛있는 커피집이 있으면 제일 먼저 나를 생각해 주는 고마운 친구들이 더러 있지만, 사랑하는 가족들이 다 잠든 지금은 혼자다.

누구나 정작 절실할 땐 늘 혼자이다. 혼자라는 자각, 조금은 쓸쓸하지만 결코 나쁘지만은 않다. 호젓하다.

나는 이따금 혼자라는 상황을 즐기고 있는 나를 만난다. 고독이 접근해 오면 나는 기꺼이 고독에게 손을 내밀며 조용히 눈을 맞추어본다. 고독이야말로 나 자신에게 긴밀하게 접근하는 기회이며 시간이기 때문이다.

마주 보고 있을수록 절친한 느낌을 교환하는 고독과의 대화는 스스로 나를 관찰하게 하고 때로는 보람과 반성으로 묘한 자기 청정효과를 가져다 준다.

사람은 누구나 이 고독을 통해서 자신을 다스리고 성찰하고 일으켜 세우며 산다. 그래서 나는 고독이 오는 걸 두려워하지 않는다. 고즈넉하고 조용한 이 한때가 정녕 완벽한 나만의 시간이기 때문이리라.

귀가하는 길에 토닥토닥 차 지붕을 두드리는 빗방울 떨어지는 소리가 참 쓸쓸하다고 생각될 때, 어디론가 떠나고 싶다는 유혹이 잠시 일기도 했다. 나를 붙잡는 현실이라는 견고한 손길이 아니었다면 지금쯤 아마도 어느 낯선 길에 서 있겠지. 황량하게 변한 가로수들을 바라보며 나는 무슨 낯선 생각을 하며 낙엽처럼 헤매고 있을까. 과거와 현재와 미래를 자유로이 오가며 상념의 날개를 펴는 이 시간, 고독과 고요를 감사히 여기며 아직도 빗방울 떨어지는 창밖을 본다.

내일 아침 이 비가 그치고 나면 몇 잎 남지 않은 저 감나무는 미련 없이 이파리를 다 떨구어 버리겠지. 마치 큰 결심을 하고 내일을 준비하는 사람들처럼….

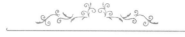

진정한 사랑이란

티브이 어느 프로그램에서 누가 그러더군요. 아마도 그날의 토크 주제가 '사랑'이었나봅니다.

내가 상대방을 더 많이 사랑하는 사랑을 하지 말고 상대방이 나를 사랑해 주는, 그런 사랑을 하라고요. 철몰랐을 땐 그런 사랑이 너무 싱겁고 시시해서 두 번째 사랑은 자기가 사랑하고 싶은 사람을 사랑했더니 너무 아프더라고. 그래서 다음에 다시 사랑을 하게 되면 자기를 더 사랑해 주는 사람과 사랑하고 싶다고.

또 다른 한 사람은 그러더군요.

사랑은 늘 보고 싶고 그리운 것이며, 아주 사소한 일에 크게 행복해지고, 아주 사소한 일에 서운하고 슬퍼지는 것이라고요.

오락프로그램의 패널들이 주고받은 말이지만 사랑이 무엇인

　　　　　　　　　　　　　　　　사람꽃 인연꽃

지, 그리움이 어떤 것인지 경험을 통해 아는 사람들이란 생각과 함께 그들의 심정을 이해할 수 있었습니다. 사랑이라는 것은 개인마다의 개념과 관점이 다른 것이기에 딱 꼬집어 무엇이다, 라고 단정하기에는 무리가 있습니다. 사람 얼굴 생김이 저마다 다르듯, 사랑의 구조도 각각 다를 테니까요.

그 사람도 내 생각과 같겠지, 당연하게 생각하다가, 결과는 그렇지 못할 수 있는 것이 바로 사랑입니다. 조금 소홀하면 무관심이요, 조금 더 다가가면 집착이 되기도 하는 사랑. 거리의 신호등처럼 적색등 녹색등으로 그것을 구분할 수도 없는 것이며, 저울의 눈금처럼 수치로 나타낼 수 없는 것.

'사랑한다'라는 네 마디의 표현. 그러나 그 말 속에는 지극히 진실한 자기희생이 따라야 한다는 것을 잊어서는 안 됩니다. 말은 쉽지만 그 의미와 실천은 그리 쉬운 일이 아닙니다.

그래서인지 사람들은 진심으로 사랑하기보다는 대충 사랑하기, 대충 사랑하느니 차라리 미워하기, 미워하는 것도 귀찮아서 나중에는 그냥 무관심하기가 더 편하다고 생각하는지 모르겠습니다. 사랑에 대한 자기희생과 책임이 마치 손해를 보는 것 같은 피해의식 때문에, 진실한 사랑을 늘 갈구하면서도 사랑을 외면해 버리는 것입니다. 그리고 감성에 굳은살이 박인 채 불감의 삶을 자처하기도 합니다.

그리고 자기 합리화를 시키죠. 자신은 사사로운 감정에 덤덤한 척. 그러나 마음 속 깊은 곳의 외로움이 언젠가는 결국 괴팍한 성격으로 표출되어 나타나고 말지요. 그러다 세월이 지나면 사랑을 표현하는 방법 자체를 잊어버리고 고작 표현한다 해도 상대방에게는 전혀 감동을 주지 못하게 되는 경우를 가끔 봅니다.

누군가를 진심으로 사랑한다면 지금껏 번거롭다고 여긴 여러 가지 것들에 대한 생각이 달라져야 합니다. 귀찮았던 일들이 오히려 행복해지고, 불가능한 일조차도 가능케 여기는 긍정적인 사고를 하는 것, 그게 바로 진정한 사랑을 실천하는 마음자세입니다.

부와 명예, 세상 많은 것을 다 가졌어도 가까운 사람들로부터 사랑받지 못한다고 느껴질 때, 그 사람의 인생은 행복하지 못합니다. 무엇인가 늘 결핍에 시달리고, 영양이 실조된 사람처럼 시들시들 생기를 잃게 되겠지요.

그린도전서에는 '사랑'에 대한 유명한 명구가 있습니다.

"내가 온갖 신비를 환히 꿰뚫어 보고 모든 지식을 가졌다 하더라도, 산을 옮길 만한 완전한 믿음을 가졌다 하더라도 사랑이 없으면 나는 아무것도 아닙니다."(고린도 13:2)

절실한 바람

아주 오래 전에 본 영화에 이런 장면이 있어요. 큰 죄를 짓고 숨어 살다가 자수하려는 남자가 자수하러 가기 전에 사랑하는 사람을 찾아갔어요. 마지막으로 보고 싶어서요.

여자는 오랫동안 기다려 온 남자를 만나서 울기만 해요. 아무 소식 없는 그를 많이 기다렸거든요. 그를 많이 사랑했거든요. 여자는 자수를 조금만 미루고 한 달만 같이 살아보자고 말해요. 아니 하루만이라도 함께 살아보고 싶다며 흐느낍니다.

남자는 자기도 그러고 싶지만, 그러면 다른 사람이 자기 죄를 뒤집어쓰고 사형당하게 될지도 모른다며 지금 자수하러 가야만 한다고 말해요.

그러자 여자는 오열하며 말해요. 그러면 내가 지은 따뜻한 밥 한 그릇만이라도 먹고 가라고…

이런 것인가 봐요. 마지막 소원이라는 게. 마지막 순간에 가장 절박한 바람은 결국 이처럼 사소하고 작은 것인가 봐요. 불치병으로 긴긴 날을 병상에만 누워지낸, 살 날이 며칠 남지 않은 사람의 소원은 말끔하게 다 나아서 언제 그랬다는 듯 건강을 되찾는 게 아니라 푸른 들판을 한번만이라도 마음껏 거닐고 싶은 것이고, 갈 수 없는 곳에 부모 형제를 두고 온 사람은 그들과 오순도순 살아 보는 소원보다는 살아 있다는 소식만이라도 들었으면 하는 것일 테니까요.

다시 생각해 보면, 우리가 바라는 많은 생각이나 욕심이 얼마나 사치스럽고 거창한가를 생각해 보게 되었습니다.

작은 것, 가까운 것, 지금, 여기에 대한 애정을 다시 되새겨 봐야 할 것 같습니다.

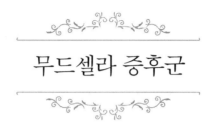

무드셀라 증후군

사람은 과거의 일을 회상할 땐 나쁜 기억은 빨리 지워버리고, 좋은 기억만을 남기려는 특징이 있습니다. 추억은 항상 아름답다고 하는 이유도 바로 좋은 기억만 남겨두려는 무드셀라 증후군 때문이라고 합니다.

한동안 인터넷에서 불었던 사람찾기 바람도 이 무드셀라 증후군과 연관지어 생각해볼 수 있습니다. 사람들은 바쁜 현대 생활 속에서 왜 과거의 사람들을 찾는 것일까요?

간단하게 말해서 현대 사회가 너무 복잡하여 각 개인들의 개성이 감추어지면서 사람들로 하여금 과거로 돌아가려는 회귀성향을 불러일으켜 과거의 사람들을 찾게 만드는 것입니다.

사람들은 현실에서 힘들거나 어려울 때, 과거의 마음의 고향을 찾아서 옛날을 이야기하죠. 또한 삶 속에서 사람들과 부딪히면서 살아갈 때 나 자신의 과거 추억 속의 인물을 찾아서 나름대로의 상상의 날개를 펴는 것이죠. 현실이 힘들고 어려울 때일수록 우리의 마음은 과거로 가서 그 시절 사람들을 찾고 싶은 것입니다.

　이에 대한 또 하나의 해석을 시도하자면 무드셀라 증후군을 적용할 수 있습니다. 무드셀라 증후군이란 자신의 과거는 항상 좋고 아름답고 내가 언젠가는 돌아가야 할 고향으로 기억하고 생각하려는 현상을 말합니다. 과거의 인물들과 심하게 싸우거나 나쁜 기억들도 있을 텐데 항상 좋은 기억만 남겨서 대응을 하려는 현상인 것이죠. 아픈 기억은 모두 빼버리고 좋은 것만 기억하려고 하니까 과거는 언제나 좋은 것으로 남게 됩니다.

　현실이 힘들고 어려울수록 사람은 과거로의 회귀 본능이 있습니다. 이것은 과거의 사람에 대해서도 마찬가지에요. 과거의 사람은 과거의 행복했던 날들의 자신의 모습을 반영하는 것이기 때문이죠. 사람들은 그 안에서 자신의 모습을 찾고, 그리고 아픈 현실을 조금이라도 위무하고자 합니다.

초등학교 동창의 모습에서 과거에 아무런 걱정이 없었던 나의 초등학교 시절이 투영되는 겁니다. 생계 걱정 없고 밝은 미래만 생각하면 되었던 시절, 친구들도 나의 모습과 같이 뒤엉켜 존재하죠.

이처럼 대부분의 사람들은 현실에 대한 도피적 성향으로 과거의 아름다운 모습만을 간직하고 싶어 하는 겁니다. 힘들고 아픈 기억일수록 힘들어하면서 잊으려고만 하지 마세요. 그럼 강박증처럼 나빴던 기억이 당신을 더 조여올지도 몰라요. 힘드시겠지만, 현실을 그리고 아픈 기억들을 받아들이려고 노력해보세요.

안 좋은 기억도 모두 당신의 인생을 이루고 있는 한 부분이랍니다. 아무리 슬프고 아픈 기억도 시간이 지나면 다 잊혀지게 돼 있습니다.

부모님이나 배우자나 자식이 사망했을 때 인간은 가장 큰 고통과 스트레스를 받는다고 합니다. 그럼에도 불구하고 인간이 그 슬픔을 점차 잊어가는 것, 그것이 바로 생존을 위한 인간의 본능입니다.

기를 쓰고 나쁜 기억을 잊으려고 하지 마세요. 인간에게 주어진 본능으로 그런 안 좋은 기억들은 점차 잊혀질 테니까요.

아픈 기억들이 떠올라 잠을 이룰 수 없으리만치 괴롭고, 심장까지 아파올 때, 화나면 화내고 울고 싶으면 울면서 그냥 그 상황을 인정하고 받아들이세요. 그리고 망각하는 인간의 본능에 그 기억이 덤덤해질 때나 지워질 때를 기다리세요. 반드시 잊혀지거나 희미해집니다. 그러다보면 아픈 기억조차 하나의 아름다운 기억으로 남겨지게 될지 모르겠습니다.

안다는 것

안다는 것이 때로는 폭력이 되기도 합니다. 안다는 것 때문에 심한 괴로움에 빠지기도 합니다. 안다는 것이 때로는 깊은 허무에 도달하게도 합니다. 이를테면 새로운 가치관이나 관념에 눈을 떠서 기존의 가치관에 회의를 느낄 때, 왜곡되거나 은폐된 현상, 그 진실에 직면할 때, 가까운 사람의 거짓 속내를 알아 버렸을 때, 내 안에서 버둥거리는 보잘것없는 내 모습과 맞닥뜨렸을 때, 믿고 있었던 것들이 머릿속에서 반란을 일으키며 태풍처럼 밀려오는 갈등에 시달릴 때, 이럴 때 이성은 흔들리고 영혼은 고통에 빠집니다. 몰랐으면 차라리 마음 편했을 텐데, 알고 나면 어색하고 불편해지는 경우가 있습니다.

안다는 것, 그중에서도 예상치 않았던 것들의 원하지 않는 인식들은 이처럼 잔인하고 파괴적인 괴물이 되어 우리를 공격합니다. 각종 정보와 다양한 지식들을 맘만 먹으면 쉽게 접할 수 있는 세상입니다. 아는 것이 힘이라는 원리를 앞세워 우리는 필요 이상으로 너무 많은 것들까지 알아야 한다는 강박관념에 사로잡혀 살고 있진 않은지 모르겠습니다. 지나친 호기심 탓에 개인의 사생활은 물론 내면의 움직임까지 속속들이 들여다봐야만 속이 시원한 관음증 환자가 늘어가는 세상이니 말입니다.

또 무엇인가 알기 전에는 그런대로 행복했는데 갑자기 알고 난 후 불행의 나락으로 곤두박질치는 일도 이따금 겪게 됩니다.

향기 있는 사람, 독이 있는 사람

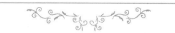

사람 중에는 시간만 나면 같이 있고 싶은 사람이 있습니다. 그런 사람에게는 알 수 없는 향기가 있는 모양입니다. 자꾸만 가까이 코를 대고 냄새를 맡고 싶어지는 사람, 그 사람과 같이 있는 시간은 오래 있어도 짧게 느껴지고 짧게라도 자주 만나고 싶어집니다. 주변 사람들을 편안하게 만드는 성품이 그런 은은한 향기를 나게 하나 봅니다.

거부감이 느껴지지 않는다는 것은 그 사람으로부터 내가 충분히 배려받고 있다는 것입니다. 그래서 오래 나란히 있고 싶어 하게 만드는 사람입니다. 심리적인 공해가 없는 사람이지요. 그런 사람은 부드럽고 강합니다. 남의 마음을 상하게 하는 말을 삼가는 인품이 있으며, 후회할 만한 실수를 줄이며 사는 지혜를 압니다.

사람꽃 인연꽃

흔히 사람을 그릇에 비유하는데, 그런 사람을 두고 큰그릇이라고 표현합니다. 자기 주변에 그런 사람이 많이 있으면 세상은 참 살맛 나는 곳이 됩니다.

성품이 향기로운 사람은 알고 있습니다. 타인의 행복이 자신에게도 얼마나 큰 행복을 되돌려 주는지, 사사로이 남에게 손가락질할 때 손가락 하나는 다른 사람을 향하고 있지만 나머지 세 손가락은 자신을 겨냥하고 있음을 알아야 합니다. 남을 사랑할 줄 아는 사람이 결국 자신을 아끼고 사랑할 줄 아는 것입니다.

한편, 잠시만 같이 있어도 불편한 사람이 있습니다. 옆에 있는 것만으로 마음이 편치 않습니다.

향기 대신 독소를 잔뜩 품고 있어서 한시도 방심할 수 없는 사람, 이야기하는 동안에도 자기만의 잣대를 함부로 휘두르며 배배 꼬인 마음으로 남의 속을 말 몇 마디로 아프게 합니다. 몇 마디 주고받았을 뿐인데도 개운치 않은 기분이 오래가게 하는 사람, 자신은 요령껏 돌려서 말했다고 생각할지 모르지만 대화의 의미는 말로만 전달되는 것이 아님을 그 사람은 모르고 있습니다. 표정이나 태도에서 본심이 보이고 있음을 알았으면 좋겠습니다.

4부

산과 삶

20분쯤 걸었을까? 다리가 팍팍하고 심장이 터질 것 같다. 산행 때마다 내가 왜 또 나섰을까 후회할 때가 바로 이때다. 골프나 축구가 인생에 자주 비유되는 것처럼 등산도 그렇다. 산행 초반의 이때가 사람의 20 · 30대와 비슷하다. 의욕은 앞서 마음은 바쁘고 정상은 까마득하다. 발걸음과 호흡 맞추는 것도 서툴다.

이런 상황을 넘기다 보면 차츰 오르막길에 익숙해진다. 호흡도 점차 편안해진다. 그러면 흙냄새와 솔향, 산 속 특유의 향내와 정취를 느끼는 여유가 생긴다. 이때가 인생에서는 40대쯤 될까? 취미도 찾고 싶고 주변 사람도 살펴보고 싶다. 남들보다 조금 더 분발해서 먼저 정상에 깃발을 꽂아보고 싶은 욕심도 생긴다.

그러나 이런 여유도 잠시, 역시 인생이나 산이나 지금까지 온

길보다는 남은 길이 더 어렵고 중요한 법. 가야 할 길, 해야 할 일이 태산이다. 여기서 자칫 처지면 뒷사람에게 밀린다. 특히 이 나이대의 가장은 늘어난 가계의 소비와 교육비 지출로 인해 또 자신에게 채찍질을 해야 한다.

부쩍 하늘과 가까워진 느낌이다. 8부 능선쯤 될까? 내려다보는 세상이 조그맣고 나지막하게 보인다. 아등바등하며 살고 있는 세상이 오밀조밀하게 보인다. 세상 틈바구니에서 들볶이다 잠시 잃어버렸던 자신감을 되찾아보려는 듯 산 아래를 둘러보며 숨을 고른다.

거대한 산의 정기를 받아들여 산이 되어 보고 한 그루 나무가 되어 보는 것은 정말 멋진 일이다. 비울 것은 비우고 용서할 일은 용서해야지 마음을 가다듬어 본다. 이미 정상을 거쳐 내려오는 사람들의 여유 만만함을 보고 발걸음에 박차를 가한다. 인생 나이로 보면 50대쯤 되리라. 이때 산에 노련한 사람은 바로 앞에 깔딱고개가 있으리란 예상을 잊지 않는다.

역시 깔딱고개가 있다. 그것을 넘어서야 비로소 정상이다. 정상의 바람은 시원하고 상쾌하다. 스스로 대견하여 흥분도 잠시,

정상에서의 시간은 무척 짧다. 내려가는 길은 오를 때보다 조심스럽다. 기운이 쇠해진 다리가 후들거린다. 미끄럼 사고도 꼭 이때 일어난다. 60대가 이렇다. 복병처럼 숨어 있던 건강상의 문제, 자식 문제, 혹은 그 외의 문제로 인해 주춤하게 된다. 인생 내리막길에 어려움이 따르리란 것을 산행을 통해 배운다.

우리는 사는 동안 수많은 어려움을 견디고 극복하며 살아가게 되어 있다. 나는 산행을 할 때마다 인생과 일을 견주어본다. 극복과 보람, 도전과 긍지, 살아 있음을 분명하게 느끼게 하는 산. 산은 나에게 끝없는 인내와 땀을 요구하는 대신, 크고 깊은 지혜를 준다.

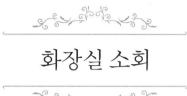

화장실 소회

어느 시인은 난처하거나 변명이 궁색할 때 자신을 가릴 수 있는 '모퉁이'가 있어서 얼마나 고마운지 모른다고 술회한 바 있다. 자주 할 말이 없어진다는 그는 맥주 마시다 문득 할 말이 없을 때면 '멸치'를 씹는다고 한다.

내게도 모퉁이나 멸치 같은 것이 있다. 거북한 이야기가 거론되어 소모적인 담화가 길어지면 화장실에 가는 것으로 기분을 쇄신한다.

엊그제 일이다. 어느 자리에서 세간의 화제가 되고 있는 연예인 부부 이혼 공방전이 화제가 되었다. 이야기 소재 자체가 불편하거나 난감한 것은 아니다. 이런 유의 이야기 또한 우리모습의 일부이기 때문에 관심사가 될 수 있다. 게다가 그들은 유명인이

므로 사람들은 마치 자기와 가까운 사람의 일인 양 그 사건에 대해 적극적으로 아는 체하고 싶어한다. 그러나 나는 누가 옳다, 누가 그르다 하는 단순한 이분법을 내세워 자기 잣대를 휘둘러대는 논객들의 횡포에는 피곤함을 느낀다.

이 일뿐만 아니라 남의 개인사를 가지고 가타부타 얘기하는 것을 좋아하지 않는다. 본인 입으로 직접 내게 하지 않은 이야기에 대해서는 물어보지 않는 것이 나의 대인관계의 원칙 중의 하나다.

대화에 끼기도 마땅찮고 앉은 채 겉도는 것도 어색할 때 화장실은 잠깐의 은신 기능 외에 여러 가지를 할 수 있는 곳이다. 화장실 본연의 기능은 물론이거니와, 흐트러진 외모를 가다듬으며 막간을 이용해 급한 전화통화를 하기도 한다. 그리고 차가운 수돗물에 손을 씻고 나와 보면 어느덧 좌중의 분위기는 다시 정돈되어 화기애애해져 있다.

만약 화장실이 아니라면 나는 무슨 구실로 난처한 상황이나 현장에서 피할 수 있었을까. 나는 쾌적하고 시설 좋은 곳의 첫번째 조건을 화장실로 본다. 화장실이 깨끗하고 좋다면 그곳 주인은 모든 면에 신경을 쓴다고 판단한다. 요즘의 화장실은 화장실 이상의 기능을 한다. 쾌적한 화장실은 나의 체면과 품위를 유지 점검할 수 있는 최적의 장소가 되어준다.

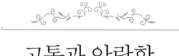

고통과 안락함

큰딸아이가 요상한 슬리퍼를 사왔다. 바닥에 돋은 여러 개의 제법 굵은 돌기가 발바닥을 지압하는 실내용 슬리퍼다. 슬리퍼를 신고 몇 발자국 걸어보았다. 그런데 요것 우습게 볼 일이 아니다. 발바닥 통증이 이만저만이 아니다. 앉아서 일하는 시간이 많은 엄마를 위해 사왔으니 불편해도 꼭 신으라는 딸의 권유가 고마워 거실을 왔다 갔다 해봤다. 발바닥이 아파도 보통 아픈 것이 아니었다. 참을 수 없을 만큼 욱신욱신 화끈화끈거려 순간, 슬리퍼를 휙 벗어던지고 거실 맨바닥에 발을 내려놓았다. 그러자 마치 부드러운 구름, 차가운 비단 위에 선 듯한 편안함과 안도감이 들었다.

격렬한 운동이나 노동 후에 하는 샤워는 더욱 시원하다. 그 청량감은 보통의 샤워와는 매우 다르다. 고통 끝에 누리는 안락함, 쾌락 같은 거다. 여태껏 아무 생각 없이 밟고 살아온 맨바닥이다. 요상한 슬리퍼를 신고 고통을 느껴보지 않았더라면 나는 우리 집 거실 바닥의 편안함에 대해 이토록 간절하게 깨닫지 못했을 것이다.

생각해 보건대, 일상이나 비지니스에서도 그런 관계를 종종 만난다. 살다 보면 눈앞이 캄캄할 지경에 처할 때가 더러 있다. 도저히 길이 없을 것처럼 고전하다 어렵사리 해결하고 났을 때의 쾌감과 희열은 성취감과 자부심 그리고 내일에의 도전으로까지 이어지기도 한다. 고통은 때로 대단한 성공적 에너지를 발산하는 기폭제 역할을 한다.

나는 남들이 하기 꺼려 하는, 돈도 되지 않는, 게다가 변변한 광고 하나 없는 문학잡지를 발행하고, 공익적인 문학행사를 주관해 오면서 많은 경제적 고통과 정신적 행복을 경험해왔다. 그러다 보니 저절로 알게 되었다. 고진감래, 고통 다음에는 반드시 낙이 온다는 것을.

철학자 니체는 고통은 정신의 마지막 해방자이며 그 고통은 곧 깨달음에 이르게 한다고 했다. 요상한 슬리퍼를 신고 벗을 때마다, 그리고 일하면시 또는 살면시 크고 작은 어려움을 겪고 극복해낼 때마다 나는 이 말에 동의한다. 얼얼해진 발을 주무르며 나는 고통과 쾌락, 안락함과 깨달음의 관계를 생각해본다.

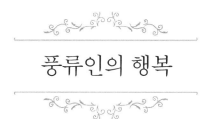

풍류인의 행복

우리 인생의 궁극의 목적은 성공보다는 행복에 있다. 성공했지만 행복하지 않는 사람도 있다. 성공하진 않았지만 인생 자체가 행복한 사람도 있다. 스스로 자신이 행복하다고 하는 사람들을 보면 그들에게는 호방한 풍류정신이 깃들어 있음을 보게 된다.

사실 진정한 풍류인에게 성공이니 실패니 하는 따위의 수식은 적당치 않다. 풍류인이란 자기의 일을 하면서 돈이나 권력에 양심을 팔지 않고 세상의 순리를 거스르지 않으며 사는 사람, 그러면서도 남을 미워하지 않고 방해거나 다치게 하지 않고, 남에게 해가 되지 않게 사는 사람, 인생의 슬픔이나 외로움, 고민이나 고통을 건강하게 극복해내는 사람, 바로 그런 사람이 진정한 풍류인이다.

많은 사람들은 풍류라고 하면 옛날 옛적 도포자락에 갓 쓴 시절의 사람, 아니면 구름 탄 신선이나 그저 옛날의 이야기쯤으로 여기기 쉽다. 심지어는 가정을 돌보지 않고 술과 향락으로 살아가는 사람들의 변명쯤으로 오해하는 사람들도 더러 있다. 그런 사람은 풍류인이 아니다.

아쉽게도 우리 민족의 정신문화 유산인 '풍류'라는 단어의 뜻이 와전된 점이 있다. 우리 민족혼의 위대성을 짓밟기 위해 우리들로 하여금 우리의 것을 하찮게 여기도록 한 음모가 작용한 것일 수 있다. 아니면 갈수록 각박해지는 세상인심이 고매한 풍류정신 자체를 허영과 사치와 방탕으로 치부해버린 것이 아닐까도 생각해본다.

풍류인은 행복하다. 풍류인들은 모습 자체가 해맑다. 세상을 살아가는 삶의 태도가 밝고 긍정적이고 건강하기 때문이다. 그렇게 사는 사람들에게 웬 '성공'이라는 수식을 붙였냐고? 그렇게 살면서 자연스럽게 얻어 쥔 행복이, 그 행복으로 빚어가는 삶이 바로 '성공'이라는 뜻에서 성공이라는 말을 붙인 것이다. 여기에서의 성공은 세속적 성공과는 차이가 있다.

개인의 삶에 있어서 '행복하냐?'고 물어서 '나 행복합니다.'라는 대답 갖고는 그 사람의 행복을 단정하기에는 뭔가 부족하다. 그 사람의 표정이나, 정신적 여유나 너그러움, 타인을 대하는 태도에서 행불행은 더욱 분명하고 확실하게 드러난다.

풍류인은 남에게 피해 주지 않고 자기가 좋아서 하는 일을 성심과 정성으로 행하며, 삶의 깊은 참맛을 알아가는 사람이어야 한다. 또 그것에 감사하고 이웃과 사회에 나누며 살아가는 사람이어야 한다. 더욱이 풍류인은 건강하게 오래 살아야 한다. 자신을 미워한다거나 자신을 해치는 행위를 풍류인은 절대 삼간다. 모든 풍류인의 삶을 통틀어서 자살한 경우는 없다. 먼저 자기 자신을 사랑하고 바로 돌볼 줄 알아야 내 가족도 내 이웃도 살핀다. 부모로부터 타고난 신체를 잘 보존하여 건강하게 제 삶을 잘 영위하는 것만으로도 풍류인의 자격은 있는 것이다. 그런 의미에서의 나도, 당신도 풍류인이 될 자격은 충분하다.

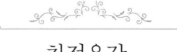

친절유감

　미모의 신입 여사원이 문서절단기 앞에서 당황한 표정을 짓고 서 있다. 회사에서 자칭 훈남으로 통하는 김 대리가 "제가 도와 드릴까요?" 하고 다가가서 그녀의 손에 들려 있는 두툼한 서류뭉치를 덥석 받아다 한 장 한 장 기기에 밀어넣는다. 신입 여사원이 해맑은 얼굴로 말한다. "감사합니다. 그런데 복사된 서류는 어디로 나오는 거죠?" 그러자 김대리, "예? 이거 문서절단긴데요!"

　어느 유머란서 본 얘기다. 그냥 웃자고 한 얘기지만 지나친 친절이 초래한 부작용이 엉뚱한 결과를 낳을 수도 있다는 내용이기도 하다. 그 기기의 사용법 정도는 설명해주고 나서 시범을 보여줬더라면 좋았을 것을.

　나는 얼마 전 내 위주의 독단적인 친절이 얼마나 이기적인 것인가를 깨달은 일이 있었다.

　어느 날 계단을 겨우 내려가는, 거동이 불편한 아주머니를 보게 되었다. 아주머니 등의 조그마한 배낭이 계단을 밟을 때마다 처진 등 아래쪽으로 자꾸만 기운다. 나는 그 아주머니에게 가방이라도 좀 들어드리겠다고 했다가 그 아주머니 남편에게 심한 핀잔을 들었다. 아주머니 걷는 것을 뒤에서 지켜보는 그 남자분이 하는 이야기는 이런 내용이었다. 먹고 살려면 벌여놓은 가게라도 열심히 나가야 하는데, 몸이 불편한 아내 때문에 제대로 일을 못했다는 것이다.

　다행히도 아내 몸이 이만큼이나마 움직일 수 있게 되어 두 정거장 거리에 사는 딸네 집에 왔다갔다하는 연습을 시키는 중이라는 것이다. 딸이 자주 다녀가기는 하지만 혹시 딸이 못 올 사정이라도 생길 때를 대비하는 거라고 했다. 그런데 남의 속도 모르는 나 같은 사람들이 자꾸만 도와주겠다고 하는 바람에 연습에 차질이 있다는 것이다.

　도움의 손길은 돕고자 하는 사람들의 일방적이고 일회적이어서, 정작 불편한 사람이 원할 때는 한 사람의 손길도 없을 수 있

는 경우가 있으므로 그에 대한 대비를 하지 않으면 안 된다는 뜻
이었다.

처음에는 너무 자기 위주의 사고라고 생각했다. 그런데 나중
에 이 일을 곰곰이 생각해보니 그 말에 일리가 있었다. 세상일은
늘 일반적이지만은 않다. 남을 돕는 일도 도움을 주는 사람의 판
단보다는 도움이 필요한 사람의 판단에 맞아야 진짜 의미가 있는
것이다.

나의 어쭙잖은 친절이 유감인 날이었다. 나는 이 일을 통해 상
대를 고려하지 않는 친절은 참견이 될 수 있겠다하는 생각을 했
다. 그래도 우리들은 이웃의 어려운 상황을 볼 때마다 또 마음이
쓰이겠지만….

친절이란, 지나치면 참견이나 과잉염려가 되고, 까닥 잘못하면
비굴해지거나 오해를 부르기도 한다. 지나친 친절로 인한 남녀
간의 오해, 사생활 침해, 정신적, 경제적 손해 등등 그 부작용이
만만찮다.

친절(親切)의 사전적 의미는 '매우 정답고 고분고분함, 또는 그
런 태도'다. 참으로 권고할 만한 덕망 중에 하나다. 그러나 좋은
덕망일수록 경우와 절도가 있어야 한다는 것을 새삼 깨닫는다.

즐거운 기대

신문의 위력을 실감한다.

어느 신문에 3개월 가량 내가 쓴 에세이가 나가자 뜻밖에도 여러 지인으로부터 전화나 축하 메시지를 받았다. 내가 존경하는 어느 한 분은 내 에세이가 실린 부분을 스크랩해두었다가 나중에 꼭 갖다 주겠다고 하시고, 또 어떤 분은 에세이 원문을 우리 회사 홈페이지에 올려 홈페이지에 가입한 국내외 회원들에게 알려주셨다. 신문은 그저 그런 평범한 사람을 일시에 출세(?)시켰다.

가장 먼저 축하와 안부를 보내준 사람은 고향친구였다. 그 친구와 통화하다 옛날 생각이 나서 많이 웃었다. 친구에게는 형이 한 분 계셨는데, 그 형제는 어렸을 때 우리 남매에겐 정말 '미운 사람들'이었다. 본인들은 그 이유에 대해 아무것도 모른 채, 정말 아무 잘못도 없이….

그 두 형제는 어려서부터 무척이나 부지런하고, 효자이며 착실해서 우리 엄마뿐만 아니라 우리 동네 어른들은 자식을 훈계할 때마다 늘 "아무개 형제를 봐라"로 일장 연설을 시작하셨다. 그럴 때마다 두 형제에게 비교를 당하면서 우리들은 비참한 박탈감에 시달리며 성장했고, 그 형제 이름이라면 귀에 못이 박일 지경이었다. 그러니 그들이 예쁠 리 없었다. 내가 그때 그랬다는 이야기를 들려주었더니 정작 본인들은 전혀 몰랐었다며 웃는다.

이번 통화로 두 형제가 나란히 목사님이 되어 성직자의 길을 걷고 있다는 것을 알았다. 어렸을 적 생활 태도나 근면하고 예의 바른 행실이 어른이 되어도 어디 가진 않는 모양이다. 그러고 보면 어른들 눈은 참 정확하다. 특히 우리 엄마가 우리 남매의 극심한 반발과 저항에도 굴하지 않으시고 그토록 그 형제를 칭찬하신 이유가 분명 있었던 것이다.

이 외에도 오랫동안 소원했던 사람들에게서 반가운 연락을 받게 되었다. 가끔은 기억의 저편으로 밀려져있던 옛 사람들의 안부가 고맙다. 잊고 있던 추억들까지 데리고 와 주니까.

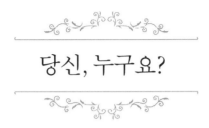

당신, 누구요?

조그맣고 야무진 한 여자애, 고집이 보통 아니다. 자기 의견을 관철하려고 긴장을 놓지 않는다. 한번 아니다 결심한 일은 도무지 양보하지 않는다. 손해 본 일도 많았음 직한데 후회하지도 않는다. 목소리도 컸고 잘난 체도 꽤나 했다. 남앞에 나서기도 좋아했다. 고집불통 그 여자애를 미워할 수 없다. 왜냐면 그게 나였으니까.

초등학교 4학년 쯤으로 기억된다. 나는 인사성이 나쁜 아이가 아니었지만 한 아저씨에게만은 인사하기가 싫었다. 어느 날 하굣길에 그 아저씨와 맞닥뜨렸다. 인사를 하지 않고 그냥 지나치자 그 아저씨가 나를 불러 세워놓고 인사할 것을 강요했다. 나는 하지 않았다. 그 상황은 우리 부모님 앞으로까지 이어져서 나는 부모님께 몹시 꾸중을 들었다.

왜 이 아저씨에게 인사를 하지 않느냐는 어른들의 집중적인 질문에 "아저씨는 욕도 막 하고 부인도 때리는 사람이라 인사하기 싫어요." 눈을 똑바로 뜨고 그렇게 말했다가 나는 그 아저씨에게 우리 집 연탄집게로 맞았다. 그러자 우리 부모님은 "부모가 엄연히 있는데 당신이 왜 우리 애에게 손찌검이냐"며 급기야 어른들 싸움으로까지 일이 커졌다. 그 후 어른들끼리는 그럭저럭 화해가 되었는지 모르지만 나는 그 뒤에도 그 아저씨에게 인사하지 않았고, 그 아저씨도 나에게 인사받는 것을 포기한 듯했다.

어른에게 인사 안 했다는 것이 자랑할 이야기는 아니다. 그런데 지금 이 이야기를 굳이 꺼낸 이유는, 어느덧 기성(旣成)의 대열에서 시도 때도 없이 '나' 스스로를 격하시키고 좌절시키며 시류(時流)에 묻어가고 있는 지금의 나에 대한 뼈아픈 인식 때문이다. 옳든 그르든 간에 싫은 것을 싫다고 분명하게 말한 그때의 나를 한번쯤 되돌아 보고 싶어서다.

타인에 대한 배려라든지, 속이 깊은 척하는 자기변명과 비겁한 위선으로 나는 얼마나 많은 것들을 세상과 타협하며 살고 있는가. 나는 자아 성숙 과정을 충분히 갖지 못한 채 너무 조급하게 세상과 뒤엉켜 버린 것은 아닐까. "당신 누구요?"하고 묻는 목소리에 주변 눈치 보지 않고 뚜렷하게 말할 수 있는 나는 어디로 산 것일까.

내가 주인공이어야 할 내 인생에서 점점 존재감을 잃어가는 나를 세차게 흔들어본다.

조금 멀리서 보기

친구 K는 3년 넘게 사랑했던 그의 그녀와 헤어진 후, 툭하면 눈물 콧물 흘려쌓더니 어느 날 홀연히 자취를 감췄다가 반년 만에 초췌한 얼굴로 친구들 앞에 나타났다. 나타나서 하는 말이, "예쁜 꽃일랑은 꺾지 말고 한번 꺾은 꽃은 버리지 말고 어떡하다 버린 꽃이면 깨끗이 잊어버려야 하는데…"였다. 우리 들으라고 한 말인지 저 혼자 독백인지, 신파조의 싱거운 말을 K는 소주 몇 잔을 연거푸 들이켜고 나서 게워놓았다.

아닌 게 아니라, 두 사람 연애는 친구들에게 유명했다. 누가 있든 없든 팔불출을 자처한 그 친구의 애정표현은 유난스러웠다. 우리는 마흔 중반에 들어선 그 친구의 애정행각에 너그럽게 대했다.

실연한 사람의 얼굴은 누구나 철학자처럼 깊고 숙연해지는 것일까. 핼쑥하고 퀭한 그의 몰골을 바라보며 한 친구가 "이유가 뭐야?" 하고 물었다. 친구는 땅이 꺼지라고 한숨을 내쉬며 "숨 막힌대. 내가 저를 숨 막히게 한대"라면서 우리 모두의 눈을 피했다.

듣는 우리들은 의아했다. 지극정성으로 자기 그녀에게 헌신적인 그에게 그녀는 무슨 불만이 있었을까, 그렇게 잘해주는 것도 이별의 이유가 될 수 있을까. 그 일이 있은 후 얼마 후에 나는 그녀를 우연히 만났다. 나를 언니, 언니하며 잘 따랐던 붙임성 있는 아가씨였다. 그녀의 입을 통해 뜻밖의 이야기를 들었다.

그 사람이 자기에게 정말 잘해주고 정성스러워 참으로 고맙게 생각하는데, 사람을 만나는 동안 자기 자신을 돌볼 틈 없이 모든 시간을 함께해주기만을 바라는 지나친 사랑과 관심에 지쳤다고, 그간의 경위를 '집착과 구속'이라는 말을 표현해 설명하는 것이었다. 순간 내심 놀라웠지만 이내 이해가 되는 부분이 있었다. 사과 상자 속 사과가 다닥다닥 붙어 있으면 붙어 있는 쪽이 금세 썩어버리는 이치가 떠올랐다.

나도 혹시 부모자식이라는 명분으로, 부부라는 명분으로, 혹은 친구라는 이유로 누군가에게 너무 바짝 붙어서 가까운 사람을 숨

　　　　　　　　　　　　　　　사람꽃 인연꽃

막히게 하고 있진 않은지 뒤돌아보게 되었다.

　우리 한국 부모 특유의 과잉된 자식 사랑이나 잘못된 소유관념으로 우리의 아이들을 구속하고 집착하고 있지는 않은지 한 번쯤 생각해볼 일이다. 예쁘고 사랑스럽고 보배로운 것일수록 더러 멀리 두고 보는 것도 좋으리.

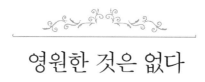

영원한 것은 없다

생즉필멸(生卽必滅) 생긴 것은 반드시 없어지며, 월만즉휴(月滿卽虧) 달이 차면 기운다라는 진리가 있다.

사람 사는 일은 물론 자연의 법칙도 마찬가지이다. 하물며 물질과 권력에 있어서는 너무나 당연한 말일 것이다. 그런데도 사람들은 높은 자리에 있을 때 그것이 영원할 줄 알다가 지나고 나서야 그것이 찰나였음을 깨닫는다. 직장이나 조직에서 직위가 높다고 아랫사람에게 거만하게 대하다 시간이 흘러 은퇴자들의 모임에 가서야 본인의 어리석음을 알게 되는 경우가 있다. 많은 사람들을 호령하고 지시를 내리던 권좌에 있다가 어느 날 나락으로 곤두박질쳐 떨어졌을 때 세상 무상함을 느끼게 될 것이다. 또한 어린 아이라고 얕보고 아무렇게나 대했다가 그 아이가 어른이 되었을 때 그 사람에 대한 이미지는 그 사람의 낮은 인격으로 남는다.

나보다 어리고 못 배우고 못 살아도 무시해도 될 사람은 이 세상에 단 한 사람도 없다.

낮은 걸 보고 조금이라도 업신여기지 말 것이며 높은 걸 보면서 조금도 비굴해질 필요가 없는 것이다.

초판 1쇄 발행일 2017년 12월 20일

지은이 곽혜란
펴낸이 곽혜란
편집장 김명회

도서출판 문학바탕

주소 (06148) 서울시 강남구 테헤란로 51길 23 금영빌딩 5층
전화 02)420-6791
팩스 02)420-6795

출판등록 2004년 6월 1일 제 2-3991호

ISBN 979-11-86418-24-6   03810
정가 9,500원

국립중앙도서관 출판예정도서목록(CIP)

사람꽃 인연꽃 : 곽혜란 첫 번째 수필집 / 지은이: 곽혜란.
— 서울 : 문학바탕, 2017
    p. ;   cm

ISBN 979-11-86418-24-6 03810 : ₩9500

한국 현대 수필[韓國現代隨筆]

814.7-KDC6
895.745-DDC23   CIP2017033471